Robert Treichler / Mekhanich Na'halle Luyah

Die Religion der Ab'sdrusen

Auf der Suche nach dem tiefen Glauben

Mit fix verheißener Erlösung,
den frommsten Pogromen und
noch ewigeren Wahrheiten

UEBERREUTER

Bildnachweis:

Illustrationen auf den Seiten: 8-9, 13, 14, 16, 24-25, 28, 31, 34, 85, 90-91, 124-125 von Stefan Stratil
Fotomontage auf den Seiten 104-105: Fotos: Stefan Oláh, Bildbearbeitung (digital imaging): Julia Müller
Fotos auf den Seiten: 36 (li), 37 (o), 52, 53, 68-69, 102, 108 (u), 109 (o), 112, 116 (r.), 117, 119, 128, 131, 134 von Robert Treichler
S. 15: Foto: Fotolia/Jean-Louis Bouzou, S. 20-21: Foto: Fotolia/Thomas Pozzo di Borgo, S. 22: Foto: Fotolia/Johannes Lüthi, S. 30: Foto: Fotolia/galam, S. 36: Foto rechts: Fotolia/ marilyn barbone, S. 37: Foto unten: Fotolia/Danielle Bonardelle, S. 38: Foto: Fotolia/ Daniel Pfennig, S. 44: Foto: Fotolia/Sophie Fabregat, S. 50: Foto: Fotolia/Jerome Dancette, S. 54: Bild: Prof. Conräder, Selbstverlag des Österr. Flottenvereins, Klischees von C. Angerer & Göschl, Wien, S. 55: Foto: Fotolia/Jens Hilberger, S. 56: Foto: Fotolia/CW Lawrence, S. 60: Foto: Fotolia/Baloncici, S. 61: Foto oben: Fotolia/Tom Kalin, Foto unten: Fotolia/ Stelios Filippou, S. 62: Fotos: Martin Staudinger, S. 65: Foto: Fotolia/kernel, S. 72: Foto: unbekannt, S. 73: Bild oben: J. T. Blažek; Foto unten: Fotolia/Sean Wallace-Jones, S. 74: Foto: Fotolia/Paco Ayala, S. 76: Foto: Fotolia/Christoph Müllejans, S. 77: Bild: unbekannt, S. 78: Foto: Fotolia/Gautier Willaume, S. 80: Bild: Marussig, Kriegsfürsorgeamt, S. 85: Foto links: Fotolia/Werner Hilpert; Foto rechts: Fotolia/Al Teich, S. 88: Bild: unbekannt, Verlag Ed. Lippott & A. Karg, S. 96-97: Foto: unbekannt, S. 98: Foto: Fotolia/ordus, S. 100: Foto: Fotolia/FotoWorx, S. 101: Bild: E. Reckziegel, Kriegsfürsorgeamt, S. 103: Foto: Fotolia/Earl Robbins, S. 106: Foto: Fotolia/michael shives, S. 107: Foto oben: Fotolia/Jim Miller; Foto Mitte: Fotolia/Pixelbube; Foto unten: Martin Staudinger, S. 108: Foto oben: Fotolia/alberto maisto; Foto Mitte: Fotolia/Horst Weinberg, S. 109: Foto Mitte: Fotolia/ElBorto; Foto unten: Fotolia/Kirsten Hilgers, S. 110: Foto: Reiner Riedler, S. 116: Foto links: Martin Staudinger, S. 120: Foto: Reiner Riedler, S. 136: Foto: Fotolia/Ernest Prim

Der Autor und der Verlag haben sich bemüht, alle Inhaber von Urheber- und Nutzungsrechten an den im Buch verwendeten Bildern zu finden. In jenen Fällen, wo dies trotz gewissenhafter Recherche nicht gelungen ist, bleiben berechtigte Ansprüche gewahrt; der Verlag bittet, sich in diesem Fall direkt mit ihm in Verbindung zu setzen.

www.absdrusen.com

ISBN 978-3-8000-7318-4

Gestaltung: Kurt Hamtil, Wien
Coverfoto: Reiner Riedler (photography.at)
Illustrationen: Stefan Stratil (www.stefanstratil.com)

Druck: Ueberreuter Print & Digimedia, Korneuburg
7 6 5 4 3 2 1

Ueberreuter im Internet: www.ueberreuter.at

Inhalt

Die Ab'sdrusen sind unter uns

Dass die Religion der Ab'sdrusen der breiten Öffentlichkeit heute weitgehend unbekannt ist, mag daran liegen, dass ihre **fulminanten Glaubenskriege** schon sehr lange zurückliegen. Zur Zeit ihrer Hochblüte, um das Jahr 400 nach Ch'offah*, hätten zahllose Völker in bunten Farben schildern können, wie ihnen die Gnade zuteil wurde, zum ab'sdrusen Glauben bekehrt zu werden, wofür sie auch gern den einen oder anderen Genozid in Kauf nahmen.

Die unerhörte spirituelle Kraft der ab'sdrusen Religion entsprang der Freude der Gläubigen darüber, dass der **Gott Ch'eph** ausgerechnet sie – das bis dahin gelinde gesagt wenig ruhmreiche Volk der Ramäer – als seinen Stamm auserwählt hatte. Ch'eph war damals der erste und einzige monotheistische Gott, was den Ab'sdrusen zunächst einen erheblichen Startvorteil sicherte. Bald jedoch sollten zahlreiche einzige Götter folgen.

Den Ab'sdrusen gelangen in kurzer Zeit viele bis heute gültige religiöse Errungenschaften: **die Erschaffung der Welt in einem knappen Monat**, **die Diskriminierung der Frau**, **das theologisch gerechtfertigte Pogrom** oder auch **die Rückwärtsgewandtheit als Weg zur Erlösung**, um nur ein paar zu nennen.

Manche dieser ewigen Ideen wurden von späteren Glaubensgemeinschaften schamlos übernommen und kaum verhüllt weiterverwendet. In einigen Fragen, etwa betreffend die religiös motivierte Diskriminierung der Frau, sind **Urheberrechtsklagen** anhängig, die zum Zeitpunkt der Drucklegung dieses Buches noch nicht entschieden waren.

Dass die Ab'sdrusen trotz ihrer alles überstrahlenden Errungenschaften dennoch in Vergessenheit geraten konnten, liegt an einer unglücklichen Verkettung von schmerzvollen Schismen und knapp verlorenen Glaubenskriegen. Zudem wurden die Ab'sdrusen brutal verfolgt, was sie bis heute maßlos empört, da sie es waren, die die Technik der religiösen Verfolgung entwickelt hatten.

Dass mit diesem Buch endlich die lange erwartete Darstellung der ab'sdrusen Religion vorliegt, ist mehreren glücklichen Umständen zu verdanken: Die Autoren durften als Erste in lange verschollen geglaubte Archive wie die „Sammlung der original authentischen Abschriften der einzigen wahren Überlieferung©", das „Ab'sdruse Bollwerk wider die Vernunft" und andere ab'sdruse Quellen Einsicht nehmen und mit einigen der höchsten Würdenträgern der ab'sdrusen Hierarchie sprechen, die den Kontakt mit der Öffentlichkeit üblicherweise meiden, weil gegen sie Verfahren wegen Pädophilie anhängig sind.

All dies machte es den Autoren möglich, die ab'sdrusen Lebenswelten erstmals in ihrem Reichtum darzustellen, der einen Bogen von der **metaphysischen Zahlenmystik Ch'oppala** bis zur tief empfundenen, spirituellen Gewaltbereitschaft von ab'sdrusen Gruppierungen wie dem **„Heiligen Ab'sdrusen Ch'ihuad'huad"** spannt. Dieses Buch eignet sich daher für den nach ein wenig Ab'sdrusem Suchenden ebenso wie für den gewaltbereiten ab'sdrusen Fanatiker.

Mancher Leser wird nach der Lektüre dieses Buches umgehend zum Ab'sdrusianismus konvertieren wollen. Dies ist möglich, Details finden sich im Abschnitt „Ab'sdrusitäten". Andere wiederum werden bemerken, dass die Religion der Ab'sdrusen bereits in ihrem Leben und in ihrem Glauben verankert ist; ja, dass sie längst der ab'sdrusen Religion angehören, ohne es gewusst zu haben. Sie werden gebeten, die seit ihrer Geburt angefallenen Mitgliedsbeiträge nachzuzahlen. Die Autoren nehmen die Beträge gern entgegen und bürgen für ihre ab'sdruse Verwendung.

Robert Treichler und *Mekhanich Na'halle Luyah*,
Chauvinarch von Ab'sdrusalem

Wien, 2007 n. Ch.

*Anmerkung: Die Jahresangaben in diesem Buch entsprechen der ab'sdrusen Zeitrechnung, die mit der Empfängnis des Religionsgründers Ch'offah im Jahr null nach Ch'offah (n. Ch.) beginnt (siehe dazu auch den Abschnitt „Der ab'sdruse Kalender", S. 98).

Kapitel 1

Der Religionsgründer

Die Religion der Ab'sdrusen geht auf den **Religionsgründer Ch'offah** zurück. Über dessen Leben gibt es, wie bei Religionsgründern nicht ungewöhnlich, wenige gesicherte Fakten. Das Besondere im Falle von Ch'offah ist, dass die Fakten nicht nur rar, sondern zumindest auf den ersten Blick auch wenig schmeichelhaft sind. Die herausragende Eigenschaft des Ch'offah war, dass er unter dem Zwang litt, permanent lautes, unverständliches Zeug zu brüllen. Da dieser laut Aufzeichnungen von Zeitzeugen

Darstellung der Zeugung des Ch'offah aus einer Handschrift des Buches Tr'arah (um 1230 n. Ch.)

unerträgliche Defekt für jedermann offenbar war, zählt man die Religion der Ab'sdrusen zu den **Offenbarungsreligionen**.

Ch'offah lebte in einer Region im Dreistromland und gehörte dem Volk der Ramäer an, das bis zum Auftauchen Ch'offahs nicht die geringste nennenswerte Errungenschaft vorweisen konnte. Ch'offah verdiente sich seinen Lebensunterhalt als fahrender Handwerker, meist beim Bau von Hausdächern, was seinen Tick begünstigte: Er schrie nahezu pausenlos über die Dächer. Im Alter von 33 Jahren starb er durch einen ungeschickten Sturz von einem Hausdach. Zeitgenössische Quellen schenken ihm wenig Beachtung und nennen ihn nur spöttisch den „Ab'sdrusen". Das Wort kommt aus dem Ramäischen und bedeutet etwa **„Der sinnlos in den Wind ruft"**. Die Anhänger des Ch'offah sahen gerade in der Unverständlichkeit seiner Äußerungen später den **Beweis für seine göttliche Sendung**. Um Zeugnis von ihrer Nachfolge abzulegen, nannten sie sich stolz die „Ab'sdrusen".

Lange Zeit beschäftigte sich kaum jemand mit der geschichtlichen Figur des Ch'offah, sieht man von den Erforschern von Sprachstörungen ab, die in Ch'offah den frühesten dokumentierten Fall der seltenen Krankheit **Echolalie forta erratica** sehen. So nennt man das zwanghafte, lautstarke Wiederholen von Wörtern, die man ursprünglich falsch verstanden hat.

So weit die spärlichen Fakten. Die Offenbarungsschrift der Ab'sdrusen, das Buch Tr'arah, weiß demgegenüber viel mehr und vor allem Wundersames über Ch'offah zu berichten. In seiner Gestalt soll Gott erstmals seit der Schöpfung Kontakt zu den Menschen aufgenommen haben. Im Buch Tr'arah heißt es im ersten Vers:

„Als der rechte Zeitpunkt gekommen war, ließ Gottes Wille das erste Wunder überhaupt geschehen. Es soll festgeschrieben werden, dass dies das allererste Wunder war, das erste noch vor dem ersten Wunder, besonders in Bezug auf jungfräuliche Empfängnisse. Wer anderes behauptet, wird Seinen Heiligen Zorn spüren, von einem hohen Felsen gestürzt und darüber hinaus urheberrechtlich belangt werden. Gerichtsstand ist Ab'sdrusalem."

Buch Tr'arah, Dickes Erbe, Schnurre 1, Vers 1

Die für ein spirituelles Werk verhältnismäßig nachdrückliche juristische Belehrung bezieht sich auf schlechte Erfahrungen, die die Ab'sdrusen mit anderen Religionen gemacht haben. So reklamierten später entstandene Glaubenslehren ab'sdruse Sakramente wie etwa die Unterdrückung der Frau oder die Resistenz gegenüber wissenschaftlichen Beweisen keck für sich und verschafften sich dadurch unverdient Glaubwürdigkeit.

Ch'offahs Empfängnis

Die Geschichte der Menschwerdung des Neffen Gottes ist von **schlichter Wahrhaftigkeit**: Ein Jäger durchstreift mit einem Blasrohr auf der Jagd nach Breitbürzelenten die Ufergegend des Sees A'lakkal. Er schießt einen Pfeil auf eine solche Ente ab, die auf einem goldfarbenen Busch sitzt. Die Ente jedoch flattert im selben Moment hoch, der Pfeil verfehlt sein Ziel. Die messerscharfe Waffe durchbohrt stattdessen den Hoden des Tischlers Ch'osef, der arglos über den Strand schlendert, nimmt dabei dessen Samen auf und trifft in weiterer Folge die etwas entfernt stehende Jungfrau Mi'zhi am Unterleib. Die Pfeilspitze bleibt im Eileiter des Mädchens stecken.

„Und sie gebar einen Sohn und hatte doch keinen Mann geschaut, nur die sanften Wellen des Wassers und den Flügelschlag eines kühnen Erpels."
Buch Tr'arah, Dickes Erbe, Schnurre 1, Vers 5

Der Sohn bekam den Namen **Ch'oenbloed Di'gchicht Aba N'voll Thre'ffah**, genannt **Ch'offah**. Mi'zhi, die Mutter, wurde – wie damals üblich – von ihrem ältesten Bruder erschlagen, weil Restzweifel an der Darstellung ihrer Empfängnis nicht auszuräumen waren. Ch'osef wiederum erkannte die Vaterschaft von Ch'offah nicht an und klagte seinerseits erfolgreich wegen Samenraubes. Er zeugte später noch 37 Kinder mit vier Frauen – nach heutigem Stand der Forschung ohne Zuhilfenahme eines spitzen Jagdpfeils.

Die Breitbürzelente, der goldfarbene Busch und der Ehrenmord gelten den Ab'sdrusen dank der wundersamen Episode verständlicherweise als heilig.

Ch'offahs Erweckung

Ch'offah musste sich als Waisenknabe durchschlagen, er war zunächst schweigsam und gütig. Im Alter von 18 Jahren erschien ihm Gottes Stimme in Form eines seltenen Vogels, einer Wüstentrottellumme (verwandt mit dem heute noch auf Helgoland vorkommenden Meeresvogel Trottellumme). Sie rief: „Chra'chru,

chra'chru", was Ch'offah als unmissverständliche Aufforderung interpretierte, ihr zu folgen. Er tat wie ihm aufgetragen und verbrachte daraufhin **50 Tage in der Wüste**. Erleuchtet kehrte er zurück.

Unermesslich groß war von da an seine Weisheit und niemand konnte sie sich erklären. So wusste er zum Beispiel ein Dutzend Rezepte für gedorrte Wüstentrottellumme, obwohl es bis dahin im ganzen Mittleren Osten maximal zwei gegeben hatte.

Ch'offah beantwortete **alle Fragen der Welt**, auch wenn sich niemand daran erinnern konnte, ihm eine gestellt zu haben. Er tat dies mit gellender Stimme, trübem Blick und ohne Rücksicht auf die Mittagsruhe. Dennoch behielt er seinen Beruf als Dachdecker bei, denn er wollte den unwissenden Menschen nahe sein.

„Seine Weisheit schallte über die Dächer."
Buch Tr'arah, Dickes Erbe, Schrulle 4, Vers 13

Üblicherweise verhallten seine Weissagungen unbefolgt, denn die verbohrten Menschen konnten Gott nicht erkennen. Immer wieder schrie er dieselben Worte. Seine Anhänger deuteten dies später als Warnung, da die Region oft von einer **lästigen Gelsenplage** heimgesucht wurde.

Der Wortlaut einer der zentralen Weissagungen wurde zum Glück in einer alten Handschrift entdeckt, wenn auch bis dato nicht eindeutig entschlüsselt. Das Wort gilt als eines der tiefsten ab'sdrusischen Glaubensgeheimnisse. Es lautet: **„Au'tan!"**

Als er dieses Wort wiederholt ausrief, klatschte Ch'offah sich mit beiden Händen ins Gesicht, verlor das Gleichgewicht und fiel rücklings vom Dach. Noch im Fallen soll Ch'offah zum ersten Mal etwas ausgerufen haben, was die Umstehenden verstehen konnten. Es waren Worte von großer Schlichtheit, bewundernswerter Klarheit und menschlicher Verfasstheit: „Scheiß Schnake!" So bewies er im Augenblick seines Todes, dass er nicht nur Gott war, sondern auch Mensch.

Mit seinem Tod erlöste Ch'offah nach ab'sdrusem Glauben die Welt und alle, die ihn kannten, empfanden dies genauso.

Bislang noch nie veröffentlichte Darstellung von Ch'offahs Sturz. Das Original befindet sich in der Bibliothek des Obersten Chauvinarchen

Die ab'sdrusen Zeichen

Das Heilige Hände-Ohren-Zeichen

Schon bald nach Ch'offahs Tod beschlossen seine frühen Anhänger, ihre Gefolgschaft nach außen sichtbar zu machen. Sie suchten nach einem **Erkennungszeichen**, das eindeutig an Ch'offah erinnerte, und stießen dabei auf die Geste, die Ch'offah ein Leben lang begleitet hatte. Wo immer er aufgetaucht war, hatten die Menschen zum Zeichen, dass sie tief in ihrem Innersten von seiner Botschaft berührt waren, ihre Hände flach auf die Ohren gepresst. Bis zum heutigen Tag vollführen die Ab'sdrusen diese spirituelle Bewegung zu Beginn jeder Predigt.

Der Heilige Schädelbasisbruch

Ch'offah erlitt bei seinem Arbeitsunfall, der im Buch Tr'arah als „Heiliger Arbeitsunfall" bezeichnet wird, einen Schädelbasisbruch und war sofort tot. Der Schädelbasisbruch erfuhr bald schon die adäquate Würdigung als „Heiliger Schädelbasisbruch" und dient den Ab'sdrusen seither als **Symbol ihres Glaubens**.

Ein Fresko aus dem 10. Jahrhundert n. Ch. belegt die Verwendung der ab'sdrusen Geste, zu Beginn jeder Predigt die Hände auf die Ohren zu legen.

Von Ab'sdrusen als authentisches Porträt des Glaubensgründers Ch'offah verehrte Darstellung (gefunden 1973 auf einem Schulhof in Turin)

„Der Heilige Schädelbasisbruch ist ein Zeichen der Freude, denn der Herr hat seine Schädelbasis gebrochen als Auftrag, dass auch wir etwas brechen sollten – seien es Brote oder die Gliedmaßen von Ungläubigen. Der schwere Knacks brachte Ch'offah den Menschen näher, und so wollen wir ‚Heissa' rufen und dafür danken, denn der Schädelbasisbruch ist das Fundament unseres Glaubens."
Aus einer Predigt des Obersten Chauvinarchen Ch'liwowiz I.

Kapitel 2

Der steinige Weg zum Monotheismus

Ein Fresko aus dem 8. Jahrhundert n. Ch. zeigt den gnadenvollen Moment, als der Prophet Ch'laumayah zum Märtyrer wird.

Ch'offahs Tod stellte die Ab'sdrusen vor ihre **erste schwere Prüfung**, noch ehe überhaupt jemand ihre Religion wahrgenommen hatte. Der Gründer war tot und hatte mit Ausnahme der Skizze eines Daches keinerlei schriftliche Aufzeichnungen hinterlassen. Die Überlieferung seiner mündlichen Zeugnisse schien wenig aufschlussreich. Und streng genommen war Ch'offah auf verhältnismäßig unspirituelle Weise als Dachdecker bei einem Arbeitsunfall ums Leben gekommen.

Doch rasch scharten sich Anhänger um dieses – vorsichtig formuliert – undeutliche Vermächtnis. Sie priesen Ch'offah für seine Bescheidenheit im Wirken und die Subtilität seiner Offenbarung. Als klar war, dass in punkto theologischer Hinterlassenschaft ein großes Loch klaffte, behalf man sich zunächst mit einem Mysterium: dem **großen, unergründlichen Glaubensgeheimnis**, das später im Heiligen Buch Tr'arah so formuliert wurde:

„Gott ward Neffe, blieb Onkel und wurde als Cousin der Schwager aller."

Buch Tr'arah, Dünnes Erbe, Schrulle 12, Vers 8

Wie Ch'offah gleichzeitig Gott, Gottes Neffe, Heiliger, Prophet und Mensch gewesen sein konnte, entzog sich der Vorstellungskraft selbst der kühnsten unter den willigen Gläubigen. Außerdem wusste niemand, wessen Onkel Ch'offah gewesen sein sollte und wie er als Cousin der Schwager aller werden konnte – und vor allem auch, was das für eine religiöse Bedeutung haben sollte. Ein solch tiefes, unerklärliches Glaubensgeheimnis befriedigte somit den allerschlimmsten Durst nach rätselhafter Mystik und die frühe Ab'sdrusengemeinde grübelte dankbar und in sprachloser Freude.

Bald fand man auch eine Erklärung für den plötzlichen, scheinbar sinnlosen Tod des einzigen Neffen Gottes:

„Nur wer Gottes Neffe ist, vermag mit solcher Einfachheit aus dem Leben zu treten; wie ein Vögelchen, das aus dem Nest gefallen ist."

Buch Tr'arah, Dünnes Erbe, Schrulle 12, Vers 3

Doch bald schon keimten Glaubenszweifel auf, denn auf Dauer war ein unlösbares Rätsel als einziger Glaubensinhalt ein karges religiöses Brot, selbst für die unbeirrbarsten Ur-Ab'sdrusen.

Plötzlich aber trat ein Prophet auf. Der bis dahin laut historischen Aufzeichnungen nicht in Erscheinung getretene **Ch'laumayah** sprach zu dem Volk der Ramäer. Er überbrachte die freudige Botschaft, dass Gott die Ramäer – und nicht die Cyrenäer – als sein Volk auserwählt habe.

„Denn Ch'offah entstammte dem Volk der Ramäer und nicht der cyrenäischen Bagage."

Buch Tr'arah, Dünnes Erbe, Schrulle 14, Vers 1

Hintergrund der im religiösen Kontext doch ein wenig rüden Prophezeiung ist die ewige Rivalität der Ramäer mit den benachbarten **Cyrenäern**, die ihnen wirtschaftlich, sportlich, kulturell und religiös seit jeher eklatant überlegen waren. Immer hatten die Cyrenäer die stärkeren Götter gehabt. Nun aber sahen die Ramäer ihre Chance gekommen. Ch'offah sollte ihr neuer starker Gott sein.

Ch'laumayah verlangte von den Ramäern allerdings, alle ihre bisherigen Götter aufzugeben und nur noch an Ch'offah zu glauben. Für diesen Frevel wurde er sogleich zum Tod durch Steinigung verurteilt. Doch mitten während der Vollstreckung kam es zu dem berühmten **„Schweinsfußnasenbeutler-Dialog"**, der den Monotheismus begründete:

Ch'laumayah rief unter Todesqualen aus:

„Wenn Ch'offah der einzige Gott ist, können die Cyrenäer nie wieder einen stärkeren Gott haben als ihr!"

„Wieso?", fragte das Volk und die Henker warfen weiter Steine.

„Wenn es nur einen Gott gibt – und der ist euer Gott – wie sollen die Cyrenäer dann einen stärkeren Gott haben, ihr auserwählten Schweinsfußnasenbeutler?", sagte Ch'laumayah etwas gereizt.

Da begann das Volk der Ramäer zu grübeln, die Henker hielten inne und mit einem Mal brach Jubel aus. Das Argument hatte sie überzeugt. Der Monotheismus war geboren! Der Schweinsfußnasenbeutler (Chaeropus ecaudatus) gehört seither zu den heiligen Tieren (siehe dazu auch den Abschnitt „Speisevorschriften“, S. 56).

Die Ramäer ließen Ch'laumayah hochleben, doch der konnte sich daran nicht mehr so recht erfreuen, denn er war seinen Verletzungen erlegen. Da war die Freude umso größer, denn mit Ch'laumayah verfügte die neue Religion nun auch schon über einen **Märtyrer**. Dies wurde zu Recht als untrügliches Zeichen für die Wahrhaftigkeit des neuen Eingottglaubens angesehen.

Die Menge lobte Gott, und da es noch keinerlei religiöse Lieder oder Gebete gab, schrien alle unverständliches Zeug, wie Ch'offah selbst es ohne Zweifel auch getan hätte. Die Glaubensgemeinschaft der Ab'sdrusen hatte ihre erste schwere Prüfung bestanden.

Kapitel 3

Die erste große Missionierung

Darstellung der allerersten Missionierungsreise der Ab'sdrusen. Die anfängliche Skepsis der zu Bekehrenden überwanden die Ab'sdrusen mit großem Einfallsreichtum in den Methoden der Verkündigung.

Um für die Zukunft jegliche Zweifel an der Wahrhaftigkeit ihres neuen Glaubens zu zerstreuen, beschlossen die zur ab'sdrusen Religion bekehrten Ramäer, ihre Nachbarn, die heidnischen Cyrenäer, zu bekehren. Die aber sträubten sich gegen die Frohe Botschaft, weil ihnen offensichtlich die spirituelle Reife fehlte. Vielleicht waren sie auch ganz einfach nicht von Gott erwählt, denn selbst als die Ab'sdrusen sie Schweinsfußnasenbeutler hießen, ging ihnen kein Licht auf. So endete die erste große Missionierung der Religionsgeschichte erfolgreich mit der Auslöschung der Cyrenäer.

Die Ab'sdrusen sehen ihre erste Verkündungsreise deshalb mit gutem Recht als weltweit erstes religiös motiviertes Pogrom an und feiern zur Erinnerung daran jedes Jahr am ersten Mittwoch im Juni das **Freudenfest Ch'ieg**. (siehe dazu den Abschnitt „Festtage im ab'sdrusen Jahreskreis", S. 115).

Dank des kämpferisch-religiösen Eifers erlebte die Religion der Ab'sdrusen schon um 30 n. Ch. ihre erste Hochblüte. Die Missionierungsstrategien waren mannigfaltig. So zogen etwa Prediger umher und gewannen die Bevölkerung für den neuen Glauben, indem sie unter den ersten hundert Bekehrten eines Dorfes gratis je ein Strohdach verlosten.

Etwaige bereits bestehende Gotteshäuser wurden durch himmlische Feuersbrünste gereinigt und anschließend umgewidmet. Die Priester der falschen Götter durften sich frei zwischen Diesseits und Jenseits entscheiden. Es war eine Zeit des spirituellen Aufbruchs.

Bald stellte sich jedoch heraus, dass der Glaube umso nachhaltiger vermittelt werden konnte, je mehr er anfangs auf Widerstand stieß. Die Ab'sdrusen entwickelten dank dieser Erkenntnis

Oft bedurfte es nur ein wenig Fingerspitzengefühls des Missionars, um aus einem Heiden ein ehrbares Mitglied eines ab'sdrusen Schweigeordens zu formen. Die Darstellung zeigt eine Szene aus der legendären Bekehrungsaktion „Nacht der langen Messen".

schon sehr früh - und vor allen anderen Mitbewerbern - das Konzept des Glaubenskrieges.

Der Glaubenskrieg erlaubte es, ohne anstrengende Verkündigungen ganze Landstriche für die ab'sdruse Religion zu gewinnen. **Hohe Opferzahlen** stellen bei einem Glaubenskrieg insofern kein Problem dar, als die Dahingerafften ohnehin im Namen des rechten Glaubens getötet werden und daher nach ihrem Ableben in den Genuss aller ab'sdruser Verheißungen kommen. In der heute noch gültigen Version des Glaubenskrieges nennt man dies eine **Win-win-win-Situation**: Die Bekehrten dürfen sich freuen, zu Ab'sdrusen geworden zu sein; die Getöteten erlangen Eintritt in das ab'sdruse Jenseits und die Ab'sdrusen selbst halten sich bei den Glaubenskriegen viel an der frischen Luft auf, machen Bewegung und können für jedes Quartal Zuwachsraten bei den Gläubigenzahlen vorweisen.

Die Glaubenskriege haben nicht zuletzt die Historie der Menschheit strukturiert. Die Ab'sdrusen verweisen mit Stolz darauf, dass ohne ihre Glaubenskriege in der Geschichtsschreibung zuweilen Lücken von Jahrzehnten klaffen würden. So aber weist jede Region eine ansehnliche Zäsur auf, die den dunklen Abschnitt des falschen Glaubens beendet und gleichzeitig den Anfang des freudvollen Ab'sdrusentums darstellt. Massengräber, niedergebrannte Städte und Dörfer sowie ausgelöschte Kulturen und Zivilisationen zeugen überall von der Kraft des ab'sdrusen Glaubens, einen unbeschwerten Neubeginn zu wagen.

Nahezu friedliche Missionisierungsfahrten der Abs'drusen im 3. Jahrhundert n. Ch.

Verirrte Seelen
Glaubensfeinde
Ketzer
Todsünden
Göttlicher Vormarsch
Sünder
Härethiker
Gottesstaat
Massengräber (Erlöste)
AB'SDRUDSALEM
Massengräber
Heiliges Schlachtfeld
Heiden
Heiliger Krieg
Massengräber (Bekehrte)
Frevler

Die Glaubenskriege haben für die Beziehungen der Ab'sdrusen zu den anderen Religionsgemeinschaften ein Fundament geschaffen, das bis heute Bestand hat. Dennoch wird heute im Umgang mit Vertretern anderer Glaubensrichtungen zumeist – nicht ohne Nostalgie – auf den Einsatz von schwerem Kriegsgerät verzichtet. Stattdessen kommt ein Instrument zum Einsatz, das **Ö'ch'umene** genannt wird. Die Ö'ch'umene schafft gegenseitiges Vertrauen, bis hin zur völligen, gleichberechtigten Anerkennung der Religionen untereinander. Diese ist allerdings noch nicht zur Gänze erreicht, die derzeit gültige ö'ch'umenische Position der Ab'sdrusen enthält fünf Vorschläge zum geschwisterlichen Miteinander der Religionen:

- So werden die anderen monotheistischen Glaubensrichtungen aufgefordert zuzugeben, dass Ch'eph der einzige Gott ist und die anderen Götter, höflich formuliert, seit Anbeginn der Welt **inexistent** sind.
- Des Weiteren werden die Religionsgemeinschaften gebeten, ihre Heiligen Bücher, ihre Liturgie, die Gebote und dergleichen an die ab'sdruse Lehre anzugleichen, da ihre bisherigen Glaubensinhalte auf **Irrtümern** beruhen.
- Des Weiteren ergeht die dringende Bitte an alle Würdenträger der anderen Religionen, die schweren **Mängel** in ihren Ideengebäuden einzusehen und ihre haltlosen Botschaften nicht länger in die Welt hinauszuposaunen.
- Alle übrigen nicht-monotheistischen Glaubensgemeinschaften mögen sich dessen bewusst sein, dass ihr Treiben den Charakter von **Rollenspielen** und gymnastischen Übungen hat, und sie mögen dementsprechend davon Abstand nehmen, sich in religiöse Debatten einzumischen.
- Abschließend hält die ab'sdruse Kirche fest, dass ein bedingungsloser Übertritt zum ab'sdrusen Glauben wohl die **beste Lösung** für alle Teilnehmer am ö'ch'umenischen Dialog wäre. Falls jemand die genannten Punkte anzweifelt, behält sich die ab'sdruse Kirche vor, im Sinne des Ausgleichs einen **ö'ch'umenischen Glaubenskrieg** ins Auge zu fassen.

Mekhanich Na'Halle Luyah

Andersgläubige, Verblendete!

Wir wollen euch die Hände reichen, auch wenn eure so genannten Religionen jeder göttlichen Grundlage entbehren. Ich will mich hier nicht in die Details des ö'ch'umenischen Dialogs verstricken, doch ein Punkt liegt mir am Herzen: Ich weiß, dass ihr Andersgläubigen – oder besser: ihr Abergläubigen – auf Glaubenskriege verweist, die ihr gegen die Ab'sdrusen gewonnen habt. Ich denke da an den „Heiligen Krieg", an den „Großen Heiligen Krieg", an den „Frommen Krieg", an den „Krieg Gottes" und vor allem auch an die „Nacht der langen Messen", aber auch an alle die 100 bis 200 Glaubenskriege, die letztlich zu Ungunsten meiner Religion endeten. Es sei.

Doch ihr könnt nicht leugnen, dass wir es waren, die als Erste die göttliche Eingebung hatten, Menschen aufgrund ihres falschen Glaubensbekenntnisses zu foltern, zu vertreiben oder auch abzuschlachten. Ihr habt dieses Sakrament von uns gestohlen! Wir aber sind gütig, wir verlangen es nicht zurück. Wir freuen uns, wenn der ab'sdruse Glaube weite Kreise zieht, in deren Radien die Köpfe rollen. Wann immer ihr jedoch im Namen Gottes meuchelt, haltet inne und lobt Ch'eph – sein Name sei rückwärts gepriesen –, denn ohne ihn wäre euer Metzeln ohne theologischen Sinn!

Eifernd im Glauben,
Euer Mekhanich
Chauvinarch von Ab'sdrusalem

Kapitel 4

Das Heilige Buch Tr'arah

Initialbuchstabe aus einer undatierten Handschrift des Buches Tr'arah (vermutlich um 1150 n. Ch.)

Die Anfänge des Heiligen Buches

Die frühen Ab'sdrusen trafen sich bescheiden in einer unscheinbaren Hütte, lobten Ch'eph und beratschlagten, wie sie ihren regionalen Glauben zu einer **Weltreligion** ausbauen könnten. Da erhob sich einer von ihnen, es war **Ch'udas**, und merkte verlegen an, dass ihr Glaube noch keinerlei Inhalt hatte – mit Ausnahme der beiden Tatsachen, dass der Gott der Ab'sdrusen der einzige sei und dass der Religionsgründer durch einen Sturz auf den Hinterkopf gestorben war. Sogleich entlarvten die frommen Ur-Ab'sdrusen Ch'udas als Verräter und stürzten ihn von einem ausreichend hohen Felsen.

Wieder zurück in ihrer bescheidenen Hütte, mussten sich die ab'sdrusen Rächer eingestehen, dass Ch'udas nicht ganz Unrecht gehabt hatte. Er wurde deshalb nach Ch'laumayah zum nun schon zweiten Märtyrer der Ab'sdrusen ausgerufen. Wieder gab es ein ausgelassenes Fest. Reue wegen des Mordes empfand niemand, denn Ch'udas war allen immer schon unsympathisch erschienen.

Schließlich empfingen die Arbeitskollegen des Ch'offah – sie werden von den Ab'sdrusen als die **„Heiligen Dachdecker"** verehrt – eine himmlische Eingebung: Sie beschlossen, posthum Leben und Lehre des Ch'offah zu prophezeien. Üblicherweise prophezeit man zwar, bevor sich etwas ereignet hat, doch in der Gründungsphase der allerersten monotheistischen Weltreligion konnte man auf derlei Einwände keine Rücksicht nehmen.

Zunächst schickten die Heiligen Dachdecker die anwesenden Frauen weg, um dem Unternehmen ein Mindestmaß an Würde zu verleihen.

In langen Abenden offenbarten sodann die Dachdecker bei Wein und Weinbrand Begebenheiten aus Ch'offahs Leben und Wirken, an die sie sich tags darauf bereits nicht mehr erinnern konnten – ein untrüglicher Beweis dafür, dass es sich um göttliche Eingebungen gehandelt haben musste. Immer wundersamer gerieten die Prophezeiungen, immer weiser die retrospektiven Predigten. Fest im Glauben an ihre Sendung gingen die Dachdecker dazu über, ihren Beruf zu vernachlässigen und den ganzen

Tag von früh bis spät zu prophezeien. Die morgendlichen Sitzungen nannten sie **„Früh-Ch'oppen"**. Entrückt von der Kraft des Geistes, der durch ihre Adern rann, schufen sie Texte, die bald von simpler Einfalt, bald von undurchdringlicher Wirrnis waren.

Herzstück der Offenbarung ist das **Ch'auwe**, ein Text, der als Niederschrift von Originalzitaten des Ch'offah gilt (siehe Kasten). Da Ch'offah wie erwähnt in einer unverständlichen Sprache predigte, ist der Sinn des Gesagten nicht zu entschlüsseln. Zu seinen Lebzeiten wurden die Äußerungen pathologisch gedeutet, mittlerweile gelten sie als zweifelsfrei metaphysisch.

Auszüge aus dem Ch'auwe

„Ch'auwe Ch'auwe may Chr'eiz Ch'a wund'a Ch'eiss ban'd Chei'bn Ch'issene.
Ch'er de'n wel Chr'is'ling ch'er do Ch'apiert.
Ch'rippel, soa Ch'rippel Ch'ergot ch'au oba Ch'ruzefi'ch.
Ch'auwe Ch'auwe.
Ch'au da Ch'url Ch'ot a Ch'affl vul Ch'priza, soa Bua'ch. Ch'upa Ch'url, Ch'upa."

Die einzige erhaltene Seite des originalen Buches Tr'arah. Bislang ist umstritten, aus welchem Abschnitt das Blatt stammt. Im Jahr 1735 n. Ch. kam es zu einem Siebenjährigen Krieg zwischen Anhängern der Theorie, die Seite sei die letzte aus dem Anfangskapitel, und den Vertretern der Auffassung, es handle sich um eine Seite im Anhang, die als Raum für Notizen gedacht war.

Heiliger Ch'indel

Enger Kollege Ch'offahs. Reichte ihm oft Dachdeckermaterial und prägte die heiligen Worte: „Aufpassen, schwer!" Wurde erster Chauvinarch von Ab'sdrusalem und starb 13 n. Ch. bei einem Rückwärtskopfsprung in den Jordan.

Heiliger Ch'imi

Augenzeuge von Ch'offahs Todessturz. Stellte den Tod seines Kollegen fest, ohne vom First zu klettern. Unternahm später ausgedehnte Missionierungsmärsche mit verkehrt herum gezeichneten Karten und galt bald als vermisst.

Darstellung des Hl. Ch'imi aus dem 8. Jahrhundert n. Ch.

Heiliger Ch'windel

Montierte gerade die Dachtraufe, die Ch'offah bei seinem Sturz mit sich riss und rief tief ergriffen: „Himmel, Herrgott, war das notwendig?" Blieb dem Begräbnis fern, weil er „etwas zu tun" hatte. Prophezeite später oft den Ausgang von Kartenspielen in Wirtshäusern und rannte rücklings in ein Messer.

Heiliger Ch'cht

War jahrelang Zeuge von Ch'offahs laustarken Prophezeiungen. Gründete einen Schweigeorden mit der Ordensregel „Friede den Ohren" (Pax Ohro). Überhörte einen von hinten kommenden Stier und starb an den Verletzungen.

Heiliger Ch'ling'l

Ein mehr als enger Vertrauter von Ch'offahs Gattin Ch'ermi. Gründer mehrerer ab'sdruser Frauenorden. Starb in Anwesenheit einer ab'sdrusen Schwester bei der Meditationsübung „Reverse Cowgirl".

Heiliger Ch'udas

Spielte beim Tod Ch'offahs eine zwielichtige Rolle. Das Gerücht, er habe Ch'offah davon abgeraten sich anzuseilen, zirkuliert bis heute. Gilt trotz seines Märtyrer-Todes ganz vorurteilsfrei als Verräter.

Das Ergebnis der Arbeit der Heiligen Dachdecker war ein Teil des Buches Tr'arah, der Heiligen Schrift der Ab'sdrusen. Man nennt diesen Teil das „Dünne Erbe".

Der Name Tr'arah

Subst.; abgeleitet vom ramäischen Verb *Tr'ar'atr'ara*, bedeutet etwa: hinausposaunen; brüllend befehlen; Nebenbedeutung: immer Recht haben wollen; selten auch als Substantiv: Gezeter; Getöse; Schnickschnack; andere Schreibweisen: *tr'harhar'ch*, vgl. späteramäisch: *tä'tär'ätät'ä*.

Im Mittelpunkt dieses Buches aller Bücher stehen neben dem Wunder von Ch'offahs Empfängnis auch mehrere Wunder, die der Neffe Gottes selbst gewirkt hat. Zu Ch'offahs Lebzeiten hatte niemand je von diesen Wundern gehört, doch das lässt sich leicht erklären: Ch'offah hatte, so deuten es die Heiligen Dachdecker, aus Angst vor unseriösen Boulevardevangelisten und aufdringlichen Ikonenmalern über sein wundersames Wirken eisernes Stillschweigen bewahrt. Nur der Heilige Ch'indel erinnerte sich an eine Begebenheit, als Ch'offah neben einem Haus stand und sich über einen lästigen Köter ärgerte, der ihm seine Brotzeit angeknabbert hatte. Plötzlich fiel ein Ziegel vom Dach und schlug auf dem Kopf des Hundes auf, der tot liegen blieb. „Ein Wunder", soll Ch'offah da gesagt und dabei dankbar gelächelt haben.

Die Wunder des Ch'offah

Das Wunder von Razalus' Auferstehung

Eines Tages hörte Ch'offah, dass Razalus, einer seiner engsten Freunde, gestorben war. Betrübt ging er zu dessen Haus, um dem Toten die Ehre zu erweisen. Doch als er das Haus betrat, fand er Razalus lebend. Er war gerade in der Küche, um seine Frau zu schlagen. Da jubelte Ch'offah vor Glück, fiel seinem Freund um den Hals und rief: „Ein Wunder, du lebst!" Es stellte sich heraus, dass ein Bote Legastheniker gewesen war. Nicht Razalus war gestorben, sondern dessen Nachbar Lazarus. Also suchte Ch'offah auch das Haus des Lazarus auf und er fand den Toten aufgebahrt. Doch da war nichts mehr zu machen.

Ein Fresko in der Apsis des ab'sdrusen Gotteshauses in Ch'esolo zeigt die wundersame Begegnung Ch'offahs mit Razalus (und Gattin).

Das Wunder von den drei kleinen Ballen Stroh

Eines Tages wurden zwölf Dachdecker zu einer Baustelle gerufen, die weitab des Weges lag. Als einer nach dem anderen dort angekommen war, stellte sich heraus, dass niemand Stroh dabei hatte. Jeder hatte sich auf die anderen verlassen. In einer Scheune fanden sie bloß drei kleine Ballen Stroh. „So können wir unmöglich einen Tag lang Dach decken, was sollen wir tun?“, klagten sie.

Ch'offah aber führte sie in eine stille Ecke der Scheune, in der zwei Fässer Wein lagerten. Von da an verging der Tag wie im Flug, und als der Abend hereinbrach, war von den drei Ballen Stroh sogar noch einer übrig. Da dankten alle Ch'offah, denn er hatte das Wunder der drei Strohballen vollbracht.

Das Wunder vom Wal

Gott sprach zu Ch'offah: Sende einen Propheten in das ferne Niniweh, um die Stadt zu retten. Ch'offah entsandte Jonas Bonas Ch'ovi, den er ohnehin nicht mochte, weil er beim Prophezeien immer heiser krächzte. Jonas Bonas bestieg ein Boot, fuhr aber in die falsche Richtung, geriet in ein Unwetter und wurde schließlich versehentlich von einem Wal verschluckt. Ch'offah betete Tag und Nacht und das Wunder geschah: Der Wal erlitt nur eine leichte Magenverstimmung und erholte sich rasch.

Wunder, Prophezeiungen, Erscheinungen

In der ab'sdrusen Religion ist sehr streng geregelt, dass nur Heilige und höchste Würdenträger Wunder vollbringen und Prophezeiungen machen dürfen. Dies soll die Qualitätsstandards sichern und Scharlatanerie unterbinden. Eine dem Obersten Chauvinarchen direkt unterstellte **Kommission** prüft jeden Antrag auf Anerkennung eines Wunders oder einer Prophezeiung nach präzisen Richtlinien. Zwei Beispiele:

Wunder oder nicht?
Während das Doppelschaf auf dem Foto links eindeutig als ab'sdruses Wunder anerkannt wurde, konnte das Doppelschaf rechts von der Kommission als spirituell wertloses Machwerk entlarvt werden. Das Wunderschaf wurde unzweifelhaft von Gott gesandt, um die Menschen daran zu erinnern, dass er die Welt erschaffen hatte und auch jederzeit verdoppeln könnte. Dem falschen Doppelschaf hingegen fehlt jegliches theologische Fundament. Zudem keimten bei der Begutachtung Zweifel daran auf, dass es sich um ein einziges Tier handelt.

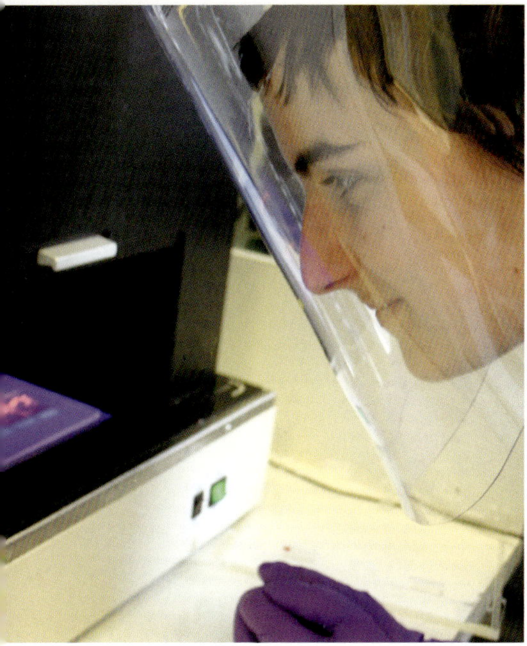

Wahre und falsche Propheten. Der ab'sdruse Würdenträger im Foto oben erfuhr durch ein Zeichen der Jungfrau Mi'zhi, dass eine Sintflut unmittelbar bevorstehe und er deshalb eine Brücke über das Tal bauen müsse, um die Gläubigen zu retten. Das war im Jahr 1973 n. Ch. Die Prophezeiung wurde als göttlich und daher zutreffend eingestuft. Die Dame im Foto links ist hingegen eine falsche Prophetin. Sie prognostizierte eine Erderwärmung um mehrere Grad, doch im Buch Tr'arah findet sich nirgendwo ein Anhaltspunkt für einen gottgewollten Temperaturanstieg. Die Prophezeiung wurde daher als Schwindel verdammt. Die Kommission hatte dies bereits zu Beginn der Untersuchung vermutet, da der Antragsteller eine Frau war.

Vermeintliche, von der ab'sdrusen Kommission als leider nicht authentisch abgelehnte Erscheinung der Heiligen Jungfrau Mi'zhi

Erscheinungen

In der ab'sdrusen Religion ist es ausnahmslos der Jungfrau Mi'zhi vorbehalten, zu erscheinen. Leider ist die irrige Meinung verbreitet, derartige Erscheinungen seien gewöhnlichen Gläubigen zugänglich. So bekommt die Kommission jedes Jahr **zahllose Einsendungen**, die Phänomene belegen, die mit Mi'zhi in Zusammenhang stehen sollen (siehe Foto). Die Kommission bittet daher um folgende Mitteilung: „Tatsächlich können echte Erscheinungen nur von minderjährigen, armen Waisen oder entmündigten Frauen in touristisch bis dahin unerschlossenen Regionen erkannt werden. Wir bitten um Verständnis. Einsendungen falscher Erscheinungen sind dennoch weiterhin willkommen. Wir planen für nächstes Jahr die Herausgabe eines Kalenders."

Das Dicke und das dünne Erbe

Das Buch Tr'arah hatte das Potenzial, das Buch der Bücher zu werden, so viel zeichnete sich sehr schnell ab. Es eignete sich dazu, vor Gericht einen Eid darauf zu schwören, man konnte es drohend in die Höhe halten, wenn man sich anschickte, ein Attentat zu verüben, und es passte in die Nachttischlade jedes Hotels. Der einzige Wermutstropfen für Generationen von Ab'sdrusen war, dass das Buch insgesamt ein bisschen dünn geraten war und die Autoren, die Heiligen Dachdecker, längst verstorben waren.

Zuweilen tauchte auch inhaltliche Kritik auf: So mancher bemäkelte, dass das Buch Tr'arah keine Antworten auf die Fragen nach dem **Woher und Warum**, nach dem Anfang und dem Ende der Welt, gab. Diese Lücken waren den ab'sdrusen Würdenträgern doch ein wenig peinlich und sie gingen um 120 n. Ch. anlässlich der Feiertage rund um das Gedenken an das Cyrenäer-Pogrom ein wenig in sich. Da geschah es: Wie durch ein Wunder sandte Gott mit einem **Donnergrollen** einen bis dahin unbekannten Teil des Buches Tr'arah, nämlich die Erzählung von Anbeginn der Schöpfung bis zum Auftreten Ch'offahs. Das Werk wurde vom **Heiligen Ch'ala'than**, einem angeblichen Nachkommen eines der Dachdecker, unter einer brennenden Pappel gefunden. Damit war das Buch Tr'arah komplett.

Das Heilige Buch der Bücher ist somit in zwei große Abschnitte unterteilt, die man **das Dicke Erbe und das Dünne Erbe** nennt, wobei das Dünne mittlerweile dicker ist als das Dicke, da das jeweilige Religionsoberhaupt dem Dünnen Erbe Kapitel hinzufügen darf. Das Dicke Erbe wird auch das „Dicke Ende" genannt, da es über 800 Endzeitszenarien enthält. Zwei Kostproben:

„Der Himmel verfinstert/ Unansehnlich das Weib/ Zur Neige geht der Wein; die Männer wenden sich einander zu/ Gottes Missfallen zum Trotze; Ja sagen sie zueinander, doch ehe sie fortfahren, bricht das Firmament/ Denn eher kommt ein Reicher in den Himmel, als dass ein Mann in des anderen Mannes Nadelöhr schlüpfen darf."

Buch Tr'arah, Schnurre 27, Vers 3 (Anm.: Siehe dazu auch die Ausführungen über „Homosexualität", S. 66)

„Eingebildete sagen dem Glauben Lebwohl/ Verlassen die Gemeinde wie Huren das Ehegemach/ Wie Ziegen den Stall/ Die Freiheit zu wählen entspringt dem Hoden des Teufels. Darum seid streng, und schneidet ab, was Böses gebiert/ Lässt ihr sie aber gewähren, wird Übel das Land befallen und freie Menschen werden tun und lassen wie ihnen beliebt, ganz wie die Vöglein im Wald/ Ich sage euch: Schießet auf sie mit Schrot."

Buch Tr'arah, Dickes Erbe, Schnurre 32, Vers 12

Die einzelnen Verse des Dicken Erbes werden **Schnurren** genannt, die des Dünnen Erbes **Schrullen**. Insgesamt besteht das Dicke Erbe aus 199 Schnurren, das Dünne Erbe zur Zeit aus 256 Schrullen.

Das Dicke Erbe beginnt mit der Schilderung der Erschaffung der Welt durch den Ab'sdrusengott. Seine Name darf ausschließlich vom Obersten Chauvinarchen der Ab'sdrusen ausgesprochen oder geschrieben werden, alle anderen Gläubigen nennen ihn ehrfurchtsvoll Ch'eph, mit der Beifügung: „Sein Name sei rückwärts gepriesen."
(Anm.: Die Autoren dieses Buches verzichten aus Gründen des religiösen Respekts und in Kenntnis der Sprengkraft der ab'sdrusen Suizidattentäter auf das Veröffentlichen des Namens.)

Die Schnurre von der Erschaffung der Welt

Gott erschuf die Welt gemäß ab'sdrusem Glauben in etwas mehr als einem Monat. Ursprünglich geplant war eine Projektzeit von sieben Tagen, aber für die Verzögerung gibt es eine theologisch schlüssige Erklärung. Der ab'sdruse Gott Ch'eph ist zwar der allmächtige, allwissende und allgütige Urheber allen Seins, doch schuf er ganz zu Beginn einen Trupp **Polonäer**, denn er sah nicht ein, warum er als Allmächtiger alles allein erschaffen sollte. Die Polonäer dienten ihm als billige und willige Arbeitskräfte. Allerdings hatten sie den Nachteil, Ramäisch mit extrem starkem Akzent zu sprechen, sodass zwischen ihnen und Ch'eph laufend Missverständnisse entstanden.

So kam es, dass die Polonäer nach den Vorgaben des Allmächtigen in 20-Stunden-Schichten Erde, Licht, Wasser, Himmel, Pflanzen, Tiere und schließlich den Menschen erschufen – doch aufgrund der Kommunikationsmängel unterliefen ihnen einige **unverzeihliche Fehler**. Gott hatte ihnen mehrmals unmissverständlich aufgetragen, Ch'ostelerin zu erschaffen, doch als er am Abend nachsah, fand er zu seinem Entsetzen im neu geschaffenen Menschen Cholesterin vor. Zudem tauchten die Polonäer mehrmals einfach morgens nicht auf, was den Zeitverlust erklärt.

Die größte Dummheit jedoch leisteten sich die Polonäer, als sie am 34. Arbeitstag etwas früher als erwartet mit allem fertig waren. Während sie auf Gott warteten, erschufen sie die Hungersnot, das Erdbeben, die Homosexualität, die Cellulite, den Computerabsturz, den Atheismus, den Teufel und das Böse. Als Gott sah, was sie getan hatten, zürnte er ihnen. Sie rechtfertigten sich damit, dass sie noch Material übrig gehabt hatten. Gott aber verweigerte ihnen den Lohn, und er hätte sie aus der Welt rausgeworfen, wenn er nur gewusst hätte, wohin.

„Fortan wütete das Böse auf der Welt, Cellulite breitete sich aus, an allen Ecken brachen Naturkatastrophen herein und die Polonäer pfuschten, wo immer sie auftauchten. Gott aber ruhte am siebten Tag und er träumte vom guten alten Nichts und erschuf nie wieder eine Welt.“

Buch Tr'arah, Dickes Erbe, Schnurre 1

Mekhanich Na'Halle Luyah

Bemitleidenswerte noch zu Bekehrende!

Seht an die Theologen, wie sie sich abmühen mit Erklärungen, woher das Böse kommen könnte, wo doch ihr jeweiliger Gott allmächtig, allwissend und allgütig sei. Ha! Die ab'sdruse Theologie ist die einzige, die kein Theodizee-Problem kennt, denn es besteht kein Zweifel daran, dass die Polonäer an allem Schuld tragen. Sie haben Gottes Vertrauen missbraucht und seine makellosen Pläne nicht exakt umgesetzt. So kam das Böse in die Welt. Simpel und wahrhaftig ist die Erklärung, aber Tausende Jahre theologischer Philosophie haben sie nicht finden können. Nun ist es heraus. Gesteht eure Schlappe ein, andersgläubige Theologen, die Wahrheit ist eine Tochter der Ab'sdrusen!

euer Mekhanich

Chauvinarch von Ab'sdrusalem

Die Ur-Missetat

Gemäß ab'sdrusem Glauben beging der Mensch zu Anbeginn der Welt die Ur-Missetat: Ch'änsel und Ch'rätel, das allererste Paar, lebte anfangs im Paradies, wo alles rückwärts ablief. Gott hatte ihnen verboten, sich jemals nach vorne zu wenden. So lebten sie lange Zeit glücklich und stolperten fröhlich rückwärts durch Gottes Garten. Bis sich Ch'rätel eines Tages vom listigen Krebs Ma'nolo überreden ließ, den Blick nach vorne zu wenden. Da erblickte sie ein Schuhgeschäft, und plötzlich erkannte sie, dass sie barfuß war. Sie beschwatzte ihren Mann Ch'änsel so lange, bis sie den göttlichen Garten verließen, um im Schuhgeschäft einzukaufen. Gott zürnte ihnen und ließ sie nie wieder in seinen Garten zurückkehren.

Fortan war die Welt laut dem Buch Tr'arah dazu verdammt, nach vorn zu schauen. Menschen, Tiere und auch die Zeit mussten voranschreiten, ob sie wollten oder nicht. Nur der listige Krebs, der bis dahin nach vorne gekrochen war, ging fortan rückwärts.

„Wenn die Schuld ihr volles Maß erreicht hat, wird der Erlöser kommen, um die Vorwärtsstrebenden hinzurichten, und er wird unbarmherzig sein mit ihnen wie mit einer lahmen Kuh. So wird er die Welt von der Urmissetat befreien, und sie wird sich wieder rückwärts drehen wie alles andere, was auf ihr kreucht und fleucht. Doch der Krebs hat seine Chance vertan, er wird für immer vorwärts laufen bis ans Ende der sieben Meere. Dort wird er über den Rand der Scheibe hinausplumpsen."

Buch Tr'arah, Dickes Erbe, Schnurre 1, Vers 24

Die Schnurre vom Auszug aus Chyptanien

Diese Geschichte erzählt von der Flucht der Ab'sdrusen nach 500 Jahren Knechtschaft. Ch'eph war sich erst nicht sicher, ob die Ab'sdrusen sein auserwähltes Volk seien oder doch eher die nicht unschlauen chyptanischen Sklaventreiber. Nach fünf Jahrhunderten hatte er sich dann doch zu einer Entscheidung zugunsten der Ab'sdrusen durchgerungen. Die Ab'sdrusen verehren ihn dafür, denn es zeigt, wie genau sich ihr Gott die Dinge überlegt.

Nachdem er schließlich die Ab'sdrusen erwählt hatte, ging alles sehr schnell. Ch'eph wies seinem Volk den Weg. Die chyptanischen Sklaventreiber tötete er bei dieser Gelegenheit auf Raten.

„Er tötete die Erstgeborenen, dann die Zweitgeborenen, und als er Gefallen daran fand, war kein Halten mehr. Die Letzten warf er ins Meer, denn Ch'eph – sein Name sei rückwärts gepriesen – ist barmherzig und nachsichtig, aber auch ein Allmächtiger schlägt manchmal über die Stränge."

Buch Tr'arah, Dickes Erbe, Schnurre 8, Vers 8

Die Ab'sdrusen lieben diese Episode bis heute über alles, auch weil sie ihren Gott so wunderbar menschlich macht.

Kapitel 5

Die zentrale Glaubensbotschaft

Ab'sdruser beim geglückten Versuch, Gott näher zu kommen

„Falle auf den Hinterkopf, und du wirst Gott schauen!"
Buch Tr'arah, Dünnes Erbe, Schrulle 13, Vers 3

Der Religion der Ab'sdrusen verdankt die Menschheit die wohl schönste und befreiendste Botschaft, die Gott je erdachte: Wir sind nicht für immer dazu verdammt, vorwärts zu kommen! Deshalb hat er seinen Neffen Ch'offah gesandt, um uns wissen zu lassen, dass wir umkehren und unser Heil in Rückschritten suchen sollen. Das ist die **erbauliche Botschaft** des ab'sdrusen Glaubens.

Am Anfang, als Gott die Welt erschaffen ließ, bewegte sich alles rückwärts, auch der Mensch. Erst durch die Ur-Missetat wurde alles umgedreht, doch diesem Frevel wird dereinst durch Gottes Erlösung ein Ende gesetzt. Bis dahin kann jeder für sich individuelle Erlösung erlangen – die Heiligen Dachdecker gingen mit gutem Beispiel zurück.

„Wer rücklings aus dem Leben scheidet, wird Gefallen finden vor Gott – sein Name sei rückwärts gepriesen – und er wird Eintritt ins Paradies finden. Wer aber nach vorne sieht, soll mit dem Antlitz dreimal fest gegen das Höllentor klopfen."
Buch Tr'arah, Dünnes Erbe, Schrulle 11, Vers 4

Das ist das Wunderbare an der ab'sdrusen Religion: Jeder kann im Alltag wie auch in großen Dingen kleine Rückschritte setzen und dadurch seinen Beitrag leisten. Die ab'sdruse Religion verlangt folgerichtig die bedingungslose Verehrung alles rückwärts Gewandten. In allen Fragen des Lebens gilt: Wer sich nach vorne orientiert, wendet sich von Gott ab und landet im Verderben.

„Eile nicht voraus, wo du noch nicht gewesen; nur die Zurückgebliebenen werden Gottes – sein Name sei rückwärts gepriesen – Wohlwollen finden. Denn siehe, er wartet hinter dir; lasse dich fallen im Vertrauen, er wird seine Arme ausbreiten, wenn ihm der göttliche Sinn danach steht."
Buch Tr'arah, Dünnes Erbe, Schrulle 11, Vers 6

Ch'offah ist für die Menschen auf den Hinterkopf gefallen und sein Heiliger Schädelbasisbruch ist Zeichen seiner Hingabe. Seither kann niemand behaupten, er wüsste nicht, dass das Voranschreiten Sünde, Rückständigkeit aber himmlischer Wille ist.

Obwohl nur besonders verbohrte Ungläubige an dieser grundlegendsten aller Regeln zweifeln könnten, legt die ab'sdruse Theologie mehrere hinreichende Beweise für die Richtigkeit der Rückwärtsregel vor. Hier seien nur drei Beispiele angeführt:

- Der hoch entwickelte Mensch unterscheidet sich vom primitiven Tier durch die Verwendung von **Rückspiegeln**.
- Ein **Fallrückzieher** gilt im Fußball als vollendetste Form des Torschusses.
- Kinder liegen im Leib der Mutter knapp vor der Geburt im Idealfall mit dem Kopf nach unten – also **rückwärts** zur Fahrtrichtung.

Worte der Weisheit von Mekhanich Na'halle Luyah

Kehrt um!

Die frohe Botschaft des Rückwärtsgebotes kann dem Leben jedes Einzelnen Sinn und Ziel geben. Im Alltag gibt es unzählige Möglichkeiten, Rückschritte zu machen, und seien es auch nur ganz kleine. Auch viele kleine Rückschritte können insgesamt zu einer ansehnlichen Rückständigkeit führen. Das soll uns Mut machen, auch in den großen Fragen des Lebens Stellung zu beziehen, etwa in der Politik, der Philosophie, der Wissenschaft oder der Kunst.

Schnell werden wir erkennen, dass das Feudalwesen zwar sehr weit zurückliegt, dennoch aber nicht unerreichbar ist.

In der Wissenschaft heißt es oft, hinter gewisse Erkenntnisse könne man nicht mehr zurück gehen. Gegen diese Ideologie müssen wir ankämpfen, denn sie ist wider das Wort Gottes. Ich kenne persönlich Ab'sdrusen, die das Kausalitätsprinzip nicht länger anerkennen und im Begriffe sind, im Rückschreiten den Satz des Pythagoras vor sich liegen zu lassen.

Sehet, oft ist es ein kleiner Rückschritt für einen Menschen, aber ein großer Rückschritt für die Menschheit.

Mit rückbezüglicher Hochachtung,

euer Mekhanich

Chauvinarch von Ab'sdrusalem

Die Erlösung

Die Religion der Ab'sdrusen mag den Menschen viel abverlangen, doch sie hat im Gegenzug eine viel versprechende Erlösung parat. Das Buch Tr'arah hält gemäß gültiger Interpretation fest, dass eine Erlösung **fix eingeplant** und nur noch eine Frage der Zeit sei. Das Besondere an der ab'sdrusen Erlösungsgeschichte ist, dass sie nicht nur erläutert, auf welche Weise die Gläubigen in das paradiesische Reich Gottes eintreten werden, sondern dass sie auch detailliert beschreibt, welche Gräuel den Ungläubigen am **Allerletzten Tag** blühen.

„Fragt ihr euch, ob euer Glaube sich lohnt? Schielt ihr auf die Segnungen, die euch erwarten? Höret/ Selbst wenn eine magere Kuh euch erwartet im Paradies, so danket Ch'eph – sein Name sei rückwärts gepriesen/ Die Heiden beneiden euch am letzten Tag, denn sie werden zurechtgebogen wie es sich gehört, der Kopf nach hinten, die Glieder zweimal der Sonne folgend/ Vom Gemächt mögen sie sich verabschieden wie eine Echse von ihrem Schwänzlein/ Was noch ist am Körper, wird fein aufgeschnitten wie eine Wurst an hohen Feiertagen/ Ihr aber werdet am Allerletzten Tag zusehen aus der ersten Reihe und euer Platz wird fußfrei sein/ So frage ich euch: Glaubt ihr, dass euer Glaube sich lohnt?“

Buch Tr'arah, Dickes Erbe, Schnurre 31, Vers 2

Die Vorfreude auf die Erlösung ist somit vor allem genährt durch die Gewissheit, dass der Weg des rechten Glaubens am Ende im direkten Vergleich belohnt wird.

Dass diese Endzeitvorstellung Elemente von Schadenfreude enthält, wird von den Ab'sdrusen zu Recht scharf zurückgewiesen. Tatsächlich erfüllt die Behandlung der Ungläubigen die höchsten Ansprüche der göttlichen Gerechtigkeit, haben die Heiden Gott doch zu Lebzeiten nicht ein einziges Opfer dargebracht. Die Ab'sdrusen bedauern ihrerseits sehr, dass eine Erlösung der Heiden am Allerletzten Tag aus theologischen Gründen nicht durchführbar ist. Im Übrigen ist der Rechtsweg, ebenso wie der Gnadenweg, ausgeschlossen.

Gleiches gilt für das Jenseits. Die gläubigen Ab'sdrusen werden im ewigen Leben laufend mit Jungfrauen versorgt, während die Ungläubigen auf kleiner Flamme dahinköcheln.

Probleme bereitet den Ab'sdrusen seit jeher die Bestimmung des **Zeitpunkts der Erlösung**. In den ersten zwei Jahren nach Ch'offahs Tod wurde der Allerletzte Tag 238mal ausgerufen. Jedes Mal verschenkten die Ab'sdrusen ihr Hab und Gut – das sich von Mal zu Mal entsprechend verringerte – und eilten rückwärts, aber letztlich vergeblich dem Schöpfer entgegen. Am Morgen nach jedem Allerletzten Tag dankten die Ab'sdrusen Gott dafür, dass er ihnen einen neuen Tag geschenkt hatte, der der Allerletzte sein könnte. Nach dem 238. Allerletzten Tag jedoch machte sich das dumpfe Gefühl breit, man sollte die Bestimmung des Allerletzten Tages Experten überlassen.

Seither sagen anerkannte Propheten die Erlösung vorher und die Zahl der Allerletzten Tage hat sich auf etwa drei bis vier pro Jahr eingependelt. Manche Prophezeiungen werden trotz ausbleibender Realisierung noch lange als heiliges Geschenk gefeiert. Als etwa 1982 n. Ch. der erste Videorecorder auf den Markt kam, der das Band automatisch zurückspulte, verkündete der charismatische **Prediger Itt' Ch'aub-Lo'renz** das nahe Ende der Zeiten. Dafür wird er von der jung-ab'sdrusen „Rewind!"-Bewegung bis heute als großer Prophet verehrt, Aufnahmen seiner Weissagung auf VHS-Cassetten werden als Heiligtümer in das Fundament ab'sdruser Gotteshäuser eingemauert.

Kapitel 6

Der ab'sdruse Imperativ: Speisevorschriften und vieles mehr

Diese Statue aus dem 18. Jahrhundert n. Ch. steht vor dem Eingang zur ehrwürdigen Küchenanlage des Obersten Chauvinarchen und erinnert an eine heute noch gebräuchliche Rezeptur für Vielborster.

Die Religion der Ab'sdrusen bietet in all ihrer unanzweifelbaren Wahrhaftigkeit den Menschen konkrete Handlungsanleitungen für das tägliche Leben. Aus den überlieferten Schnurren und Schrullen haben ab'sdruse Moraltheologen verbindliche Regeln für den Alltag abgeleitet. Die Gesamtheit dieser Gebote und Verbote nennt man den ab'sdrusen Imperativ. Manches davon mag dem Leser vielleicht aus anderen Religionen bekannt vorkommen, das liegt jedoch daran, dass deren moralische Fundamente historisch und theologisch fraglos **ab'sdrusen Ursprungs** sind.

Das Rückwärtsgebot

Die wichtigste religiöse Pflicht eines Ab'sdrusen ist die Beachtung des Gebotes der Rückwärtsgewandtheit. Dabei sind Abstufungen zu beachten: Der dritte Tag der Woche, der bei den Ab'sdrusen **Mittwo'ch** heißt, ist heilig, weil Ch'offah an diesem Tag zu Tode kam. Deshalb muss jeder Gläubige den größten Teil des Mittwo'ch rückwärtsgewandt zubringen. Der Mittwo'ch beginnt mit dem Sonnenuntergang am vorangehenden Diensta'ch und endet mit dem Aufgehen des Mittwo'ch-Mondes.
Als Rückwärtsgewandtheit exemplarisch anerkannt sind folgende Aktivitäten:

- Rückwärts gehen
- Rückwärts fahren; besonders: rückwärts einparken
- Kämmen der Haare von hinten nach vorne
- Erzählen von Witzen, mit der Pointe beginnend
- Zurückgeben gekaufter Ware
- Postulieren der Kontraktion des Universums
- Verfechten längst überkommener Standpunkte
- Besuch von Retrospektiven

An gewöhnlichen Werktagen soll der Ab'sdruse zu fünf festgelegten Zeiten eine der angegebenen Tätigkeiten verrichten. Sein Rücken soll dabei in Richtung Ab'sdrusalem orientiert sein.

Das Ausmaß und die Intensität bei der Befolgung des Rück-

Ab'sdruser Jugendlicher beim Verrichten der religiösen Pflicht der Rückwärtsgewandtheit am Heiligen Mittwo'ch

wärtsgebotes variiert je nach Zugehörigkeit zu den unterschiedlichen ab'sdrusen Konfessionen. Die Bandbreite reicht von der Verwendung von Autos, die nur über Rückwärtsgänge verfügen, bis zu einem flüchtigen Blick über die Schulter am Mittwo'chmorgen (siehe dazu auch den Abschnitt „Schismen“, S. 86).

Vorschriften zu Kleidung und Aussehen

Die grundlegende Regel geht auf einen Vers des Buches Tr'arah zurück, der besagt:
„Abstoßend sei euer Antlitz/ Denn was kümmert es unseren Ch'eph – sein Name sei rückwärts gepriesen. Doch eure Kehrseite sei wie die des Pavians/ sie leuchte denen, die euch nachfolgen im Glauben."
Buch Tr'arah, Dickes Erbe, Schnurre 20, Vers 2

Daraus leiteten die ab'sdrusen Moralisten ab, dass ein Ab'sdruse niemals von vorne attraktiver sein darf als von hinten. Wer dem zuwiderhandelt, kann nicht erlöst werden. Diese Regel bringt mit sich, dass sie individuell verschieden angewendet werden muss.

Ab'sdruses Aussehen für Männer:
Originelle **Bärte** sind religiöse Pflicht. Es sei denn, der Betreffende hat ein besonders hässliches Gesicht. In diesem Fall wäre selbst ein kleiner Schnauzbart eine Sünde.

Haupthaar in Dreiecksform, dazu ein Schnauz- und Kinnbärtchen – eine gottgefällige männliche Vorderansicht. Man beachte auch das Accessoire in der rechten Hand für den akuten Fall eines theologischen Disputs.

Rotes Käppchen mit seitlichem Fransenbüschel, lustige Schnüre und Schlitze – ein ultraorthodoxer Ab'sdruse

Dicke, behaarte und aus anderen Gründen unansehnliche Bäuche sind offen zu tragen, wenn es die Umstände erlauben.

Auch **Hüte** können das Aussehen besonders von vorne nachhaltig beeinträchtigen. Eine zu kleine Kappe, eine bunte Mütze oder ein unsagbar hoher Filzstumpen können das Antlitz des Trägers bis zur Frömmigkeit entstellen, denn so will es Gott.

Das **Haupthaar** bietet nahezu unendliche Möglichkeiten, das Jenseits vorwegzunehmen. An überraschenden Stellen sich rankend, wuchernd oder gänzlich fehlend, eignet es sich hervorragend als Botschafter der Entsagung aller ketzerischen Attraktivität. Wichtig ist dabei, den Hinterkopf von derlei Verunstaltungen frei zu halten.

Mit lustigen, vorn getragenen Bändern, Schnüren, Amuletten und dergleichen beweisen Männer ihrem ab'sdrusen Gott, dass ihnen vorne liegende Hässlichkeit ein tief empfundenes Anliegen ist.

Ab'sdruses Aussehen für Frauen:

Frauen sind gemäß ab'sdruser Lehre prinzipiell unrein und können vor Gott kein Gefallen finden. Strengstens befohlen ist die **Verschleierung** vorne liegender hübscher, und daher anstößiger, Partien, im Zweifelsfall der gesamten Frontpartie.

Vorne liegende Problemzonen müssen hingegen offen getragen werden, ein bauchfreies T-Shirt lässt in vielen Fällen darauf schließen, dass die Trägerin Ab'sdrusin ist. Oft ist aus theologischer Sicht ein **Monokini** anzuraten.

Der Rücken einer Frau ist im Rahmen ihrer bescheidenen Möglichkeiten zu behübschen.

Eine typische religiöse Hautmalerei, die den Rücken verschönern soll und sich unter gläubigen Ab'sdrusinnen zunehmender Beliebtheit erfreut

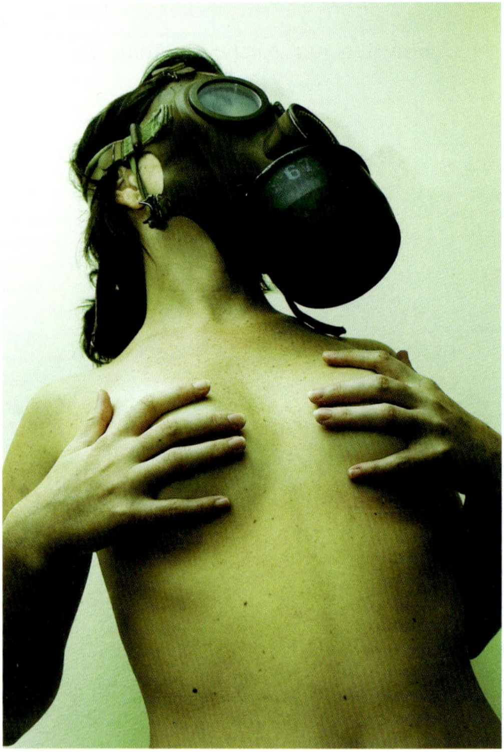

Alle vorne liegenden Körpermerkmale, die als attraktiv interpretiert werden könnten, sind zu verhüllen.
So will es der allmächtige Ch'eph

Speisevorschriften

Zum richtigen Lebenswandel eines Gläubigen gehört auch eine ab'sdruse Diät. Ch'eph legt so großen Wert auf die Heiligkeit der Menü-Zusammenstellung, dass ihm zur Linken ein ernährungskundiger Prophet sitzt, der **Heilige Sous-Ch'eph**. Die Speisevorschriften der Ab'sdrusen sind so komplex, dass bislang nur ein einziges Kochbuch vom Obersten Chauvinarchen abgesegnet werden konnte.

„Haltet inne und befolgt die Regeln des Sous-Ch'eph/ jede einzelne bedenkt/ erst dann esset von der Schale, und sei sie derweilen schon abgelaufenen/ Erkennet das Heilige am üblen Geschmack."
Buch Tr'arah, Dickes Erbe, Schnurre 56, Vers 2

Eine kleine Einführung:

Die ab'sdrusen Speisegesetze gestatten nur solche Zutaten, die Ch'offah oder andere Heilige nachweislich zu sich genommen haben.

Dies reduziert die Zahl der Ingredienzien dramatisch. Ch'offah ernährte sich während seines Aufenthaltes in der Wüste von der Wüstentrottellumme, die als äußerst schmackhaft gilt. Allerdings ist dieser Vogel aufgrund strenger Befolgung der ab'sdrusen Speisegesetze seit langem ausgestorben.

Nach Angaben der Heiligen Dachdecker erschlug Ch'offah einmal ein Nagetier vom Dach aus mit einem Stein, weil er seine Mittagsstulle zu Hause vergessen hatte.

„Er briet es über dem Feuer und aß es im Ganzen, denn es hielt der Klinge des Messers stand."

Buch Tr'arah, Dickes Erbe, Schnurre 123, Vers 56

Da die Rasse des Nagetiers nicht genannt wird, gelten alle Unterordnungen der Nager als theologisch unbedenkliche Speisetiere. Das gilt für die **Hörnchenverwandten** (Sciuromorpha), die **Biberverwandten** (Castorimorpha), die **Mäuseverwandten** (Myomorpha), die **Dornschwanzhörnchenverwandten** (Anumaluromorpha) und die **Stachelschweinverwandten** (Hystricomorpha). Einzige Ausnahme ist das **Nacktmull**, das unrein ist, da sein Name von den Ab'sdrusen als abwertendes Synonym für Polonäer verwendet wird. Strittig ist der Genuss des Streifenhörnchens. (siehe dazu auch den Abschnitt „Schismen", S. 86)

Im Dicken Erbe werden einige Tiere und Pflanzen genannt, wobei diese jeweils als Vertreter ihres zoologischen oder botanischen Stammes angesehen werden. Somit ist der Verzehr aller Angehörigen dieses Stammes gestattet.

Tiere, die nach ab'sdruser Lehre gegessen werden dürfen, müssen zunächst gemäß einem **Ritus** geschlachtet werden, der sie von allen Missetaten befreit, die sie in ihrem Leben begangen haben, insbesondere die Nichtbefolgung der ab'sdrusen Gebote in Bezug auf Sexualität.

Die Ab'sdrusen gehen davon aus, dass Erdferkel, Schwanzlurche und dergleichen die Namen tragen, die sie verdienen, was eine **Läuterung** vor der Zubereitung unabdingbar macht. Die Schlachtung darf nur von einem männlichen Ab'sdrusen vorgenommen werden, der von der Gemeinde für tugendhafter als ein Erdferkel erachtet wird. Frauen erfüllen dieses Kriterium nicht. Der Schlächter tritt vor das Tier und liest ihm alle Stellen aus dem Buch Tr'arah vor, in denen Tiere erwähnt werden. Wird das Fleisch dringend gebraucht, darf dieser Teil der Schlachtung verkürzt werden, und es genügt die Deklamation der Schrulle mit dem Tölpel (Buch Tr'arah, Dickes Erbe, Schnurre 102, Vers 2).

Danach muss das Tier getötet werden, indem es **„an seinem eigenen Namen erstickt"** (Buch Tr'arah, Schrulle 67, Vers 3). Konkret bedeutet das, dass dem Erdferkel die Luft genommen wird, indem man ihm Erde in das Maul stopft. Bei der Breitbürzelente werden zum Ersticken Bürzelfedern verwendet, bei der Haftscheibenfledermaus wiederum Kontaktlinsen usw. Tiere, in deren Namen nichts Brauchbares vorkommt, wie etwa der Tölpel oder das gemeine Schwein, dürfen mit bloßen Händen erwürgt werden.

Tierschutzorganisationen laufen seit langem Sturm gegen die ab'sdruse Tötungspraxis, doch sie scheitern regelmäßig an der schlüssigen Argumentation der Ab'sdrusen, wonach Tiere ein verbrieftes Recht darauf haben, geläutert vor Ch'eph zu treten. Die ab'sdruse Hierarchie überlegt ihrerseits, Tierschützer auf die Liste der zulässigen Nahrungsmittel zu setzen, da sie mit den Vielborstern erstaunlich viel gemein haben.

Die Idee des **Vegetariertums** ist den Ab'sdrusen fremd, da Gott sich zum Beispiel mit den Auberginen augenscheinlich viel mehr Mühe gegeben hat als etwa mit einem Stummelfüßler.

Da Ch'offah meist während der Arbeit aß und dabei ständig auf dem Dach umherkletterte, dürfen Ab'sdrusen keinesfalls die gesamte Mahlzeit an einem Esstisch zu sich nehmen. Begüterte Ab'sdrusen wohnen in Häusern mit bis zu vier Esszimmern. Wer sich dies nicht leisten kann, geht im Stiegenhaus auf und ab. An hohen Festtagen muss die Mahlzeit auf dem Dach serviert werden.

Ein kurzer Auszug aus dem Abschnitt „Zutaten" des offiziellen ab'sdrusen Kochbuches „Das Ch'eph-Menü":

Schwämme dürfen mit **Hohltieren** gekocht werden, nicht aber mit Urmündern (Ausnahme sind **Kratzwürmer**), es sei denn, **Vielborster** werden beigemengt. **Stummelfüßer** sind erlaubt, **Doppelfüßer** auch, allerdings nur der jeweils rechte Fuß. Wenigfüßer nicht. **Schwanzlurche** dürfen nur in Kombination mit **Seescheiden** zubereitet werden. **Amphibien** sollen generell im Larvenstadium verzehrt werden, Ausnahmen sind **Quastenflosser.** Unter den Vögeln kommen neben der genannten, aber ausgestorbenen **Wüstentrottellumme** und der **Breitbürzelente** theologisch nur **Steißhühner**, **Schnepfen**, **Tölpel** und **Ziegenmelker** in Frage. Der **Papstfink** darf gegessen werden, wenn er zuvor rituell seiner Art abschwört.

Bei den Säugetieren gelten die **Kloakentiere** als heilig, Wiederkäuer hingegen als unrein. **Dreifinger-Faultiere** müssen gesotten werden, **Zweifinger-Faultiere** dürfen nur frittiert serviert werden. Ein Eintopf muss entweder Teile eines **Schweinsfußnasenbeutlers**, eines **Erdferkels** oder eines **Schweins** enthalten. Alle drei Genannten sind heilige Tiere. Die Unterordnung der Stachelschweinverwandten aber enthält nur sündige Tiere. Von den Trichterohrartigen ist nur die **Madagassische Haftscheibenfledermaus** gestattet, der Verzehr des Stummeldaumens ist eine Todsünde.

Bei den Pflanzen gestalten sich die Regeln weitaus komplizierter, da die ab'sdruse Systematik nicht mit der schulwissenschaftlichen übereinstimmt. Um keine Exkommunikation zu riskieren, empfiehlt sich folgende Vorgangsweise: Wohlschmeckende, leicht zu züchtende Pflanzen sind zu meiden. (Als Gradmesser gilt: Alles, was besser schmeckt als rohes **Gras**, ist Sünde.)

Frühab'sdruse Speisekarte; eine offenbar damals schon beliebte Vorspeise: Schnepfe

Da der Versuch, sich einwandfrei nach ab'sdruser Diät zu ernähren, bei Gläubigen nicht selten mit dem Hungertod endete, gestatten die religiösen Instanzen auch eine leichter **praktikable Alternative**: Gläubige können essen, was sie wollen, müssen jedoch vor Beginn der Mahlzeit folgenden Dialog sprechen:

Mann: „Weib, was ist es, das du bereitet hast?"
Frau: „Eine Wüstentrottellumme."
Mann: „Sie ist von seltsamer Gestalt. Aber gut, es sei. Sous-Ch'eph, wir danken dir für die zarte Wüstentrottellumme, die wir von dir empfangen haben."

Da es die Frau ist, die die Unwahrheit spricht, wird sie einst von Gott zusammen mit Erdferkeln geschmort werden. Dem Mann jedoch kann kein Vorwurf gemacht werden.

Ein winziger Ausschnitt verbotener Zutaten

Beliebter ab'sdruser Snack: Gemischte Hörnchenverwandte am Grill

Gemäß ab'sdruser Speisevorschrift müssen Tiere durch die Sache zu Tode kommen, die sie im Namen tragen. Das ist oft langwierig: Amphorenschwein (links) und Wasserbüffel.

Mekhanich Na'Halle Luyah
Spirituelle Hungerleider!

Immer wieder wird mir zugetragen, dass Menschen Schwierigkeiten damit haben, die ab'sdrusen Essvorschriften zu befolgen. Sie klagen, es sei zu mühevoll, die Zutaten zu bekommen, und ihnen fehlte es an Zeit und Muße, die Zubereitung korrekt vorzunehmen. Sie jammern wie Dreifinger-Faultiere, die an ihrem dritten Finger ersticken. Dabei ist es ein Leichtes, die göttlichen Regeln zu befolgen. Erziehet euer Weib im rechten Glauben und sorgt dafür, dass es mit all seinem bescheidenen Intellekt die Rezepte studiert, die der ab'sdrusen Küche entsprungen sind.

Zum Abschluss hier noch ein Rezept, das mich ein indischer Chauvinarch gelehrt hat: Man nehme ein Steißhuhn, erwürge es mittels seines Steißes, fülle es mit den Innereien einer großen Zahl Schwanzlurche, siede es, bis Steißhuhn und Innereien ununterscheidbar sind, und wickle die Masse in eine Seescheide. Als Beilage empfiehlt sich das Fett eines Kloakentiers. Der Name dieser exotischen, indisch-ab'sdrusen Kreation: „Kalorien-Bombay". Im Anschluss an dieses Mahl sollte der Gläubige ein Monat fasten und für seine Darmflora beten.

Vergesst nicht das Tischgebet!
euer Mekhanich
Chauvinarch von Ab'sdrusalem

Sexualität

Die Sexualität nimmt in der ab'sdrusen Morallehre breiten Raum ein, denn seit Ch'offahs wundersamer Empfängnis dank dem Jagdpfeil beanspruchen die Ab'sdrusen **unumschränkte Autorität** in diesen Belangen.

Das Buch Tr'arah bietet feste Anhaltspunkte, wie gottgewollte Sexualität vonstatten gehen kann: So wurde Ch'offah bekanntlich mittels eines Jagdpfeils gezeugt, weshalb die Geschlechtsteile von Vater und Mutter zueinander die Distanz hielten, *„die ein Meerschweinchen vor der Hyäne zu retten vermag"*. (Buch Tr'arah, Dünnes Erbe, Schrulle 67, Vers 13)

Daraus ergibt sich die eher strenge Version der ab'sdrusen Sittenlehre, die den Geschlechtsverkehr nicht prinzipiell ablehnt, allerdings eine **Distanz von 38,7 Fuß** vorschreibt – ab'sdruse Zoologen haben dazu schon sehr früh ausgiebige Tests mit Meerschweinchen und Hyänen durchgeführt. Verfechter dieser eher rigiden Auslegung der Heiligen Schrift sind jedoch um 70 n. Ch. ausgestorben.

Schon früh regte sich unter den Ab'sdrusen der Wunsch nach einer Modifikation der Schriftauslegung. Der **Heilige Rocco (um 85 n. Ch.)** war der Erste, der den Jagdpfeil als das männliche Geschlechtsorgan interpretierte. Kurze Zeit führte dies zu einem regelrechten Peniskult, ehe die sich langsam formierende ab'sdruse Autorität einschritt. Rocco wurde als Missionar nach Kandahar entsandt und dort umgehend entführt. Anstelle des Lösegeldes übermittelte die ab'sdruse Hierarchie Rocco ein Gratulationsschreiben zur Erlangung des Titels eines Märtyrers.

Spätere Moralphilosophen, hervorzuheben ist hier besonders der **Heilige Luich'i (um 1030 n. Ch.)**, überarbeiteten die Sexualregeln auf besonnenere Weise und kamen schließlich zu folgendem Schluss:

Geschlechtsverkehr ist in strikter Nachfolge von Ch'offahs Empfängnis zu praktizieren, es ist dabei jedoch nicht die Distanz der Partner zueinander ausschlaggebend. Wie im Buch Tr'arah geschildert war der Pfeil des Jägers, der schließlich die Befruchtung vollzog, ursprünglich einer Breitbürzelente zugedacht. Daher ist nach ab'sdruser Lehre Sexualverkehr auch dann gestattet, wenn dadurch eine Breitbürzelente verschont wird. Konkret wird der Regel Genüge getan, wenn der Mann zur Frau die Worte spricht: „Sei mir gefügig oder die Ente muss daran glauben!" Die Frau antwortet darauf: „Oh nein, bloß nicht die unschuldige Ente!" Danach beginnt der Geschlechtsverkehr mit der Erpelstellung.

Da der Pfeil aus einem Blasrohr abgeschossen wurde, halten die Ab'sdrusen bis heute daran fest, dass **Oralverkehr** zur Empfängnis führen kann. Dieser ist daher dem penetrativen Geschlechtsverkehr theologisch gleichgestellt.

Die ab'sdruse Sexualmoral verbietet die Verwendung eines **Kondoms**, da der Pfeil des Jägers die lächerliche Gummischicht ohnehin problemlos durchbohrt hätte. Das Kondom gilt deshalb als dreiste Provokation Gottes, die hart bestraft werden muss.

In der Frage der **künstlichen Befruchtung** vertreten die Ab'sdrusen aufgrund ihrer Erfahrung mit dem Jagdpfeil eine eher liberale Haltung. Allerdings bestehen sie auf Methoden wie etwa die Will'chelm-Tell-Insemination, deren Erfolgsquote im nicht messbaren Bereich liegt.

Den Ab'sdrusen wird oft vorgeworfen, sie seien prüde und würden die **sexuelle Aufklärung** von Jugendlichen vernachlässigen. Das ist schändliche, anti-ab'sdruse Propaganda. Zum Beweis hier ein Zitat aus einer ab'sdrusen Aufklärungsbroschüre für Teenager:

„Geduldig wartet der Granatapfelbaum, bis der rechte Zeitpunkt gekommen ist, dass die Hummel um ihn schwirre. Und bleibt sie auch lange aus, so rührt er sich nicht vom Fleck."

Ab'sdrusische Aufklärungsbroschüre, Abschnitt „Abenteuer Enthaltsamkeit"

Schaubild aus einer ab'sdrusen Aufklärungsbroschüre für Teenager

Das Ch'nippeln

Eine Jahrtausende alte Tradition der Ab'sdrusen ist die Amputation **überflüssiger Körperteile** im Genitalbereich, das so genannte „Ch'nippeln". Was als überflüssig angesehen wird, entscheidet der Rat der Chauvinarchen alle 800 Jahre. In der laufenden Periode, die im Jahr 2500 endet, gilt:

„Männliche Babys mögen Verzicht üben bezüglich der Vorhaut, die ihnen kaum von Nutzen ist. Nicht-männliche Personen sollen allerlei Kleinteile derselben Region opfern, deren Beschaffenheit höchst suspekt ist und Gottes Missfallen zu erregen vermag."
Entscheidung des Gremiums der Chauvinarchen aus dem Jahr 170

Das Ch'nippeln wird bei Knaben wenige Tage nach der Geburt, bei Mädchen rund um die Pubertät durchgeführt. Bei den Knaben wird es mit einem großen Fest – dem Ch'nippel-Ch'nappel gefeiert; es gibt Geschenke, Musik und Lobreden. Mädchen hingegen werden für eine Woche in den Keller geschickt.

Proteste diverser Institutionen gegen die schönen Bräuche der Beschneidungen weisen die Ab'sdrusen mit Hinweis auf die Revision im Jahr 2500 als voreilig zurück.

Homosexualität ist keine erlaubte Variante der Sexualität, wobei man den Ab'sdrusen nicht vorwerfen kann, das Verbot voreilig verhängt zu haben. Tatsächlich gab man den Homosexuellen anlässlich der Versammlung von Ch'ich'olina (410 n. Ch.) eine faire Chance. Mehrere Hundert von ihnen wurden zusammengetrieben und erhielten die Gelegenheit, ein ähnliches Wunder wie das der Empfängnis Ch'offahs zu vollführen. Sie scheiterten trotz des Einsatzes eines exzellenten Jägers kläglich. Seither stehen sie in der rechtlichen Hierarchie der Ab'sdrusen unterhalb der Breitbürzelente und dürfen gejagt werden.

Im Buch Tr'arah findet sich nur eine Stelle, die eindeutig als Kommentar zur Homosexualität interpretiert wird:
„Wer sich aber in die falsche Höhle verirrt, der komme darin um."
Buch Tr'arah, Dickes Erbe, Schnurre 67, Vers 12

Enthaltsamkeit

Die Freunde des Ch'offah waren allesamt Männer, die mit ihm gemeinsam viele Tage auf Dächern verbrachten. Daraus leiteten die Ab'sdrusen Gottes Wille ab, wonach jeder, der Ch'offah nachfolgen will, Kontakt mit Frauen meiden soll, indem er zumindest eine Etage über ihnen steht. So entstand schon im 4. Jahrhundert n. Ch. das für ab'sdruse Männerbünde geltende Gebot der unbedingten Enthaltsamkeit in Bezug auf das weibliche Geschlecht.

Ein bis heute theologisch nicht gänzlich aufgearbeitetes Phänomen ist jedoch die Beziehung der Mitglieder der Dachdeckerbünde zu den so genannten **„Ch'naben"** – meist minderjährigen Jungen, denen absoluter Gehorsam auferlegt ist. Zuweilen wird sogar der – ungeheuerliche – Vorwurf krimineller, sittenwidriger Vorgänge laut. Bei Verfahren vor ab'sdrusen Gerichten wurden bislang jedoch alle Beschuldigten zur Gänze rehabilitiert. Im jüngsten Richtspruch der **Sittenjurisprudenz CH'WUL** (Ch'offahs Wehe und Laster) aus 2007 n. Ch. heißt es:

„Nur beim gemeinsamen Duschen und Abrubbeln kann der Ch'nabe die porentiefe Reinigung von Sünde erfahren, die der allmächtige Ch'eph – sein Name sei rückwärts gepriesen – gutheißt. Denn Gott sieht alles, und er sieht sicher gern einmal zu.“
Chi'chi Ch'eatherette, Chauvinarch von San Francisco
und CH'WUL-Vorsitzender

Im Jahr 2007 n. Ch. strengten vom Glauben abgefallene Ex-Ch'naben in den USA Gerichtsverfahren wegen Missbrauchs gegen die ab'sdruse Hierarchie an. Da den Ab'sdrusen zur Zeit leider die rechtlichen Mittel eines Gottesstaates verwehrt sind, musste der Oberste Chauvinarch der Zahlung von 600 Millionen Dollar zustimmen, um die Verfahren abzuwehren. Den Ex-Ch'naben wird einst von Ch'eph schmerzvolle Buße auferlegt werden, um den Frevel zu sühnen. Was das Diesseits betrifft, bittet die ab'sdruse Ab'sd'sesse der USA um Spenden auf ihre Konten, **Kennwort: „Jünger“**.

Kapitel 7

Die Nicht-Männer in der ab'sdrusen Religion

„Dienen macht Freude", eine moderne Darstellung von ab'sdrusen Nicht-Männern

Das Buch der Nicht-Männer

Die ab'sdruse Religion unterscheidet sehr klar zwischen Männern und Nicht-Männern. Letztere werden in gottlosen, säkularisierten Gesellschaften auch **„Frauen"** genannt, was von den Ab'sdrusen lange als unnötige Aufwertung abgelehnt wurde. Erst der liberale **Oberste Chauvinarch Ch'ovi XXII.** verfügte in dem weltweit beachteten Glaubensdokument „Über die Nicht-Männer", dass der Begriff „Frau" als sprachliches Synonym für Nicht-Mann verwendet werden dürfe, ausgenommen an hohen Feiertagen.

Der Einfachheit halber wird nunmehr in allen ab'sdrusen Texten der Begriff „Frau" verwendet, sogar in den neuen Übersetzungen des Buches Tr'arah. Dort heißt das „Buch der Nicht-Männer" fortan „Buch der Frauen". Ultraorthodoxe Ab'sdrusen erkennen allerdings den Begriff „Frau" bis heute nicht an und halten an alten Übersetzungen fest.

Das „Buch der Frauen“ hält fest: Die Frau darf weder in Schnurren noch in Schrullen am Anfang eines Satzes stehen, denn das wäre gegen die Natur der göttlichen Schöpfung. Deshalb hat der ab'sdruse Gott eigens ein Buch offenbaren lassen, das den Frauen den geeigneten Platz auf der Welt zuweist.

„Wo die Frau ist, da sei unten, und ist sie oben, dann sei oben unten.“
Buch Tr'arah, Dickes Erbe, Buch der Frauen, Vers 11

Um der Klarheit willen wird anschließend erläutert, warum die Frau unrein ist. Von den **24 durchwegs schlüssigen Begründungen** seien hier nur ein paar aufgelistet:

- Die Frau ist unrein, denn sie brüllt beim Gebären haltlos, während der Mann würdig schweigend die Nachkommenschaft erwartet.
- Die Frau ist unrein, denn sie eignet sich nicht als Dachdecker; in ihr haust der Schwindel.
- Die Frau ist unrein; nie hat sie ein Wunder gewirkt.
- Die Frau ist unrein; sie prophezeit nicht, sie schwätzt.
- Die Frau ist unrein; sie trägt den Busen vorne.

Während die ersten vier Sätze intuitiv einleuchten, bedarf die letzte Begründung einer Erläuterung. Da die Ab'sdrusen das Ideal der Rückwärtsgewandtheit verfechten, gilt der Busen der Frau als Symbol der frevelhaften Vorwärtsgewandtheit:

„Ächtet die Höcker der Frau, sie sind eines Kamels nicht würdig. Des Mannes Königskobra hingegen weist züchtig gen Boden oder jubilierend gen Himmel.“
Buch Tr'arah, Dickes Erbe, Buch der Frauen, Vers 19

Die Position, die der Frau in den Heiligen Schnurren und Schrullen zugewiesen wird, ist dennoch nicht zu unterschätzen: Sie steht am Anfang nahezu jedes Szenarios, das mit der Apokalypse endet.

Frauen sind wegen ihrer Unreinheit von hohen ab'sdrusen Ämtern selbstverständlich ausgeschlossen, nicht minder bedeutsame Tätigkeiten im Dienste der Religion stehen ihnen jedoch offen. Im Lauf der Jahrhunderte durften sie etwa ihre besondere Begabung beim Putzen von heiligen Räumlichkeiten entdecken.

Auch für das Gelingen einer gottgefälligen Partnerschaft kann es nur hilfreich sein, wenn eine notwendige hierarchische Ordnung von vornherein geregelt ist. Das muss den Frauen nicht zum Nachteil gereichen, sondern soll Ansporn zu Dankbarkeit und Demut sein. Konkret etwa lautet eine der Regeln so:
„Frau, ehre deinen Gatten und du seist gleichberechtigt seinem besten Wollschaf."
Buch Tr'arah, Dickes Erbe, Buch der Frauen, Vers 34

Die **Reforminitiative „Wir sind Ab'sdrusinnen"** sieht die Stellung der Frau in der ab'sdrusen Religion etwas anders. Sie weist darauf hin, dass das Buch Tr'arah als Dokument seiner Zeit gelesen werden muss. Dann nämlich werde klar, dass es immer schon ein Anliegen ihrer Religion war, den Frauen Gleichberechtigung zu verschaffen. Als eindeutiger Beleg dafür dienen entsprechende Zitate aus dem Buch Tr'arah:
„So wie die Schnepfe ihre Flügel spannt, um Würmer herbeizuschaffen, so soll auch die Frau den Umkreis der Feuerstelle durchmessen dürfen."
Buch Tr'arah, Dickes Erbe, Buch der Frauen, Vers 45

„Der Gatte schlage die Frau nicht zu oft, denn gewöhnt sie sich an die Schläge, so bleiben sie ohne Wirkung; und bedenket: Schlagen ist nicht ohne Anstrengung!"
Buch Tr'arah, Dickes Erbe, Buch der Frauen, Vers 56

„Die Frau darf besitzen, immer aber weniger als der Mann; erben darf sie zur Hälfte; ihr Wort zähle vor Gericht ein Drittel; ihre Strafe aber sei zum Ausgleich das doppelte Maß."
Buch Tr'arah, Dickes Erbe, Buch der Frauen, Vers 59

Die Mitglieder von „Wir sind Ab'sdrusinnen" versuchen seit Jahren, aus dem vorhandenen Quellenmaterial die Forderung abzuleiten, dass Frauen „in ferner Zukunft nahezu gleichberechtigt" seien. Doch durch dieses theologisch nicht begründete Vorauspreschen hat sich die ab'sdruse Glaubensgemeinschaft nicht aus

Zwei Mitglieder von „Wir sind Ab'sdrusinnen" sind sich uneins in der Frage, ob sie ohne Begleitung eines männlichen Verwandten ins Wasser gehen dürfen. Die theologisch korrekte Antwort: Nein

der Ruhe bringen lassen. Mitglieder der Initiative wurden in einem offiziellen Dokument als „ketzerische Ch'ranzen" entlarvt, ihre Aussendungen dürfen nicht weiter verbreitet werden.

Die Ab'sdrusen und der Feminismus

Die ab'sdruse Hierarchie legt zu Recht Wert darauf, die Stellung der Frau in der Gesellschaft richtungsweisend festgelegt zu haben. Auch wenn andere Religionen später diese Errungenschaft für sich reklamiert haben und dafür die Lorbeeren kassieren wollen, steht doch außer Frage, dass all das auf der theologischen Vorarbeit der Ab'sdrusen basiert.

Der seit einigen Jahrzehnten grassierende Feminismus wird von der ab'sdrusen Hierarchie abgelehnt. Der Oberste Chauvinarch verurteilt die Vertreterinnen dieser sündhaften Bewegung, da sie immer wieder andere monotheistische Religionen für die Diskriminierung der Frau verantwortlich macht, anstatt das **Urheberrecht der Ab'sdrusen** anzuerkennen.

Körperliche Züchtigung der Frau an der frischen Luft ist ein uralter ab'sdruser Brauch, der heute wieder neu entdeckt wird.

Künstlerische Darstellungen von Frauen waren lange Zeit in der ab'sdrusen Religion untersagt. Zuweilen wurde dies pfiffig umgangen.

Kapitel 8

Ab'sdrusitäten

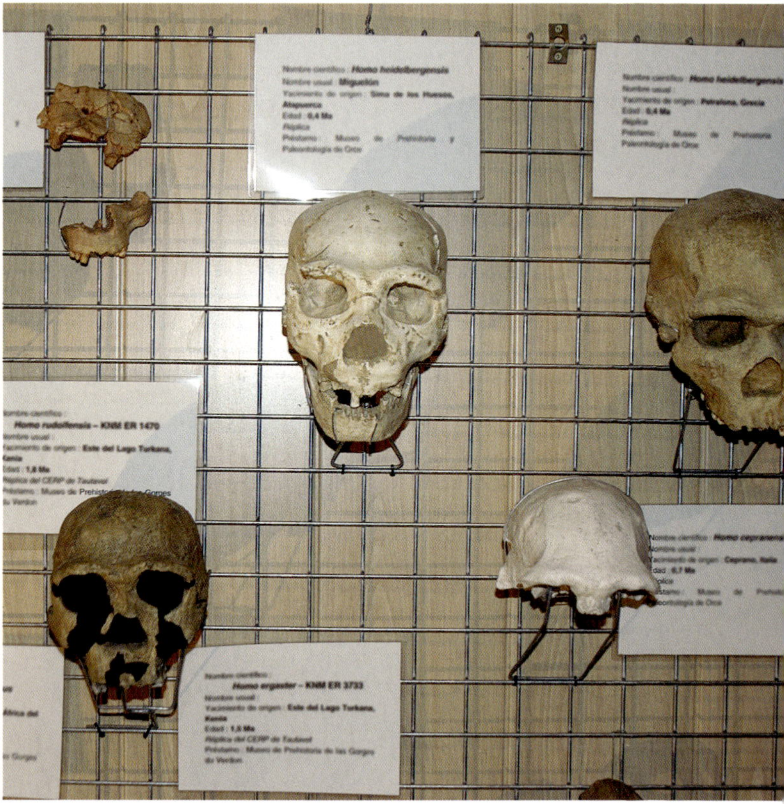

Darstellung von Heiligen Schädelbasisbrüchen in der Aula der Grundschule „Zum Heiligen Schädel“

Das Heilige Symbol

Seit den Früh-Ab'sdrusen, möglicherweise schon zu Zeiten der Heiligen Dachdecker, gilt die Darstellung des Schädelbasisbruchs, an dem Ch'offah verstorben ist, als **Erkennungszeichen** der Ab'sdrusen. Sie nennen ihn den „Heiligen Schädelbasisbruch" oder kurz den „Heiligen Bruch". Eine stilisierte Darstellung davon soll im Haus jedes Ab'sdrusen angebracht sein, ebenso in jeder Schule und in jedem öffentlichen Gebäude. Kommt ein Ab'sdruse an einem solchen Zeichen vorbei, senkt er sein Haupt und deutet mit beiden Händen ein Auseinanderbrechen seines Schädelbasisknochens an und spricht dabei dreimal dankbar das Wort „Knacks!".

Der Schädelbasisbruch dient den Gläubigen als Symbol dafür, dass Ch'offah Mensch war und dass das Fundament des Glaubens stärker ist als der Mensch selbst.

„Hinterfragt ihr den Glauben, plagt euch die heidnische Versuchung/ Zerbrecht ihr darob euch den Kopf?/ Haltet ein! Ch'eph – sein Name sei rückwärts gepriesen – wird ihn brechen an eurer statt/ denn Zweifel duldet er nicht."

Buch Tr'arah, Dünnes Erbe, Schrulle 67, Vers 12

Die Heilung eines Schädelbasisbruchs ist selbstverständlich eine **Todsünde**, denn was Ch'eph zerbersten ließ, soll der Mensch nicht kitten. Leider drohen die Auswüchse der Medizin die gottgegebene Ordnung durcheinander zu bringen. Ein Schädelbasisbruch wird nicht mehr mit der stillen Dankbarkeit hingenommen, die von der ab'sdrusen Religion vorgeschrieben ist. Ab'sdruse Patienten und deren Angehörige verweigern im Fall eines Schädelbasisbruchs selbstverständlich jegliche medizinische Behandlung. Ab'sdruse orthodoxer Ausrichtung haben auch schon Ärzte und Spitäler attackiert, in denen Schädeloperationen vorgenommen werden. Sie handelten dabei im Einklang mit ihrem Gewissen und mit dem Segen der ab'sdrusen Hierarchie, denn es gibt Werte, die über dem nackten Leben stehen.

Zuweilen sieht man auch kleinere Gruppen von Ab'sdrusen,

die vor Krankenhäusern mit Transparenten wie „Mein Kopf gehört Ch'eph!" gegen die moderne Chirurgie demonstrieren. Dabei handelt es sich um Mitglieder der **„Jungschädelbasis"**, der ab'sdrusen Organisation für junge Leute.

Die ab'sdrusen Sakramente

Das Sakrament des Arbeitsunfalls

Das wichtigste Ereignis im Leben eines Ab'sdrusen. Zumindest **alle fünf Jahre** muss der Ab'sdruse zum Zeichen der Nachfolge Ch'offahs einen Arbeitsunfall mit schweren Folgen erleiden. Möglich ist auch ein ritueller Arbeitsunfall durch Schläge auf den Hinterkopf. Langzeitfolgen gelten als Gnade Gottes. Helme, Schutzbrillen, Sicherheitshandschuhe und dergleichen gelten als Zeichen von Häresie.

Die skandalöse Weigerung vieler Arbeitsunfallversicherungen, Ab'sdruse als Versicherungsnehmer zu akzeptieren, ist ein weiterer Beweis für die religiöse Verfolgung dieser Glaubensgemeinschaft.

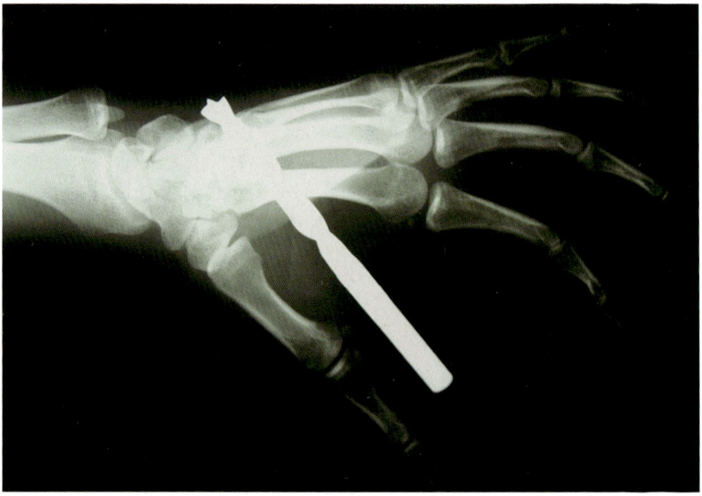

Hand eines ab'sdrusen Tischlers nach dem Sakrament des Arbeitsunfalls

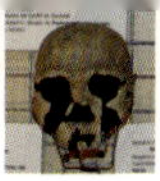

Das Sakrament der Aufnahme in die ab'sdruse Gemeinschaft
Prinzipiell muss man als Ab'sdruser geboren werden. Die Kriterien dafür sind genau geregelt: Automatisch zur ab'sdrusen Gemeinschaft gehören alle Personen, deren Schwager oder Onkel ersten oder zweiten Grades ethnisch ab'sdrus ist. Auf die exakte Vollstreckung dieser **Rassengesetze** wird großer Wert gelegt.

Das Sakrament der Ehe
Der Bräutigam tritt vor den ab'sdrusen Würdenträger und schwört, dass er eine ab'sdruse Ehe führen will, dass er sich die

Frau mit Brautjungfer, kurz vor dem unvergesslichsten Moment ihres Lebens

Eheschließung reiflich überlegt hat und dass ihm der Brautpreis nicht überhöht erscheint. Dann wendet sich der Würdenträger an die Frau – falls sie anwesend ist – und erinnert sie daran, dass sie die ab'sdrusen Speisevorschriften zu beachten hat. Fragen werden an sie keine gerichtet, da ihr Einverständnis zur Ehe nicht unbedingt erforderlich ist. Oft sieht die Frau ihren Gatten kurz nach der Eheschließung zum allerersten Mal, was den Tag für sie unvergesslich macht.

Die ab'sdruse Ehe ist **unauflöslich**, denn die Historie lehrt, das Männer, die neuerlich Ehen eingehen, bei Glaubenskriegen nicht recht bei der Sache sind.

Das Sakrament der Konversion

Die Konversion von einem **falschen Glauben zur ab'sdrusen Religion** ist gestattet, wenn der Betreffende zunächst seine bisherige

Ab'sdruse, die zu einer anderen Religion übertreten möchten, dürfen dies im Anschluss an den Ritus der „Letzten Waschung" in einem dafür vorgesehenen Becken tun.

Kirche öffentlich verhöhnt. Der Konvertit muss danach die Religion der Ab'sdrusen preisen und beweisen, dass er sich mit allen Regeln vertraut gemacht hat. Die entsprechende Prüfung wird auf Ramäisch abgehalten. Alternativ kann der Konvertit durch eine ausreichend hohe Geldüberweisung an den Chauvinarchen von der Prüfungspflicht entbunden werden. Jeder Konvertit wird gemäß dem Ritus achtmal abgelehnt, um sicherzustellen, dass er sich den Übertritt auch reiflich überlegt hat. Die Geldüberweisung ist jedes Mal erneut zu tätigen.

Eine Konversion eines Ab'sdrusen zu einem anderen Glauben ist selbstverständlich möglich, sie wird im Zuge der **„Letzten Waschung"** zelebriert.

Das Sakrament des Fallrückziehers

Es ist nur wenigen von Gott gegeben, im Rückwärtsfallen einen Ball ins Tor zu schießen. Gelingt dies an einem Mittwo'ch, so wird der Betreffende zu einer Audienz beim Obersten Chauvinarchen geladen.

Kapitel 9

Aufstieg und Fall der Ab'sdrusen

Darstellung eines Schismas, wobei die Ursache für den theologischen Streit nicht zu eruieren ist, da er bereits zum Zeitpunkt der Auseinandersetzung unklar war.

Um etwa 80 n. Ch. war die Religion der Ab'sdrusen in ihren Grundzügen festgeschrieben und enthielt neben unanzweifelbaren Antworten auf alle Fragen auch ausreichend Ge- und Verbote. Die frühe Form der Missionierung durch Predigten mit anschließender Verlosung eines Strohdachs wurde bald eingestellt, da andere Religionen auftauchten, die mit immer schwerer zu überbietenden Anreizen wie Jungfrauen im Multipack lockten. Die Ab'sdrusen entschieden sich dafür, ihren Glauben auf ehrliche Weise und ohne Geschenke zu verbreiten. Zu diesem Zweck entwickelten zwei Chauvinarchen das Konzept **„Hellebarde und Glaube"**. Es waren dies **Ch'onan, genannt „der Barmherzige"**, und **Ch'um Gema, genannt „der Reiselustige"**.

Nach ihrem Plan wurden fortan ganze Landstriche von der ramäischen Armee erobert und renitente Ungläubige, die sich nicht sofort bekehren ließen, massakriert. Anschließend trafen ab'sdruse Prediger ein, die Trost und Hilfe in ungekanntem Ausmaß spendeten.

Die Armee unterwarf ein Volk nach dem anderen und metzelte im Namen der Barmherzigkeit des ab'sdrusen Gottes Ch'eph Scharen von Ungläubigen nieder, bis die Heiden endlich einsahen, dass die Ab'sdrusen in bester Absicht kamen. Jahrhunderte später, im Jahr 2007 unserer Zeitrechnung, untersuchte die ab'sdruse **„Commissio populorum pro deo extinctorum"** die Vorfälle rund um die frühen Missionierungen und hielt abschließend fest, dass „die heidnischen Völker ihre Unterwerfung im Namen des Ch'eph – sein Name sei rückwärts gepriesen – insgeheim herbeigesehnt hatten". Dass dabei das eine oder andere Volk gänzlich ausgelöscht worden war, kann laut Kommissionsbericht nicht negativ bewertet werden, da auch diese der Erlösung dadurch ein immenses Stück näher gerückt seien.

Als wäre diese gnadenvolle Ankunft nicht schon genug der Großzügigkeit, bauten die ab'sdrusen Missionare im Anschluss an die segensreichen Pogrome auch noch Waisenhäuser mit angeschlossenen Schulen, damit die Religiosität der nächsten Generation nicht in die falschen Hände geriet. So durfte die junge Generation neben den Massengräbern ihrer Väter von der Friedensbotschaft des Ch'offah erfahren. Solche Waisenhäuser und Schulen existieren bis heute, leider jedoch ist der Zulauf etwas schwächer geworden, da die modernen Missionierungen bedauerlicherweise weniger Waisen produzieren.

Im dritten Jahrhundert n. Ch. erreichte die ab'sdruse Religion dank der „Hellebarde und Glaube"-Kampagne eine Verbreitung weit über den Nahen und Mittleren Osten hinaus, bis nach Ostasien und Nordeuropa. Die Ab'sdrusen stießen bei diesen Missionsreisen immer wieder auf ihnen bis dahin **unbekannte Religionen**, die sie an Ort und Stelle auf ihren Wahrheitsgehalt untersuchten. Dabei kamen sie ausnahmslos zu dem Schluss, dass die Götter, die im Rahmen dieser Glaubensrichtungen verehrt wurden, überhaupt nicht existierten und die Offenbarungen allesamt auf Aberglauben beruhten. Die Ab'sdrusen prägten für diese gefährlichen Gedankengebilde den Begriff der **„Sekten"**.

Als ganz besonders bedauernswerte Geschöpfe sahen die Ab'sdrusen Gläubige an, die vermeinten, den einzigen Gott zu verehren, dabei aber aus irgendeinem Grund einem Irrtum unterlegen waren. Ihnen wurde dank einer Bestimmung des barmherzigen Ch'onan das Sakrament des Gnadentodes zuteil.

Überall, wo die Ab'sdrusen die Herrschaft übernahmen, wurden Tempel und sonstige **heidnische Bauwerke** der Eingeborenen-Kultur geschleift, um der Bevölkerung einen neuerlichen Ausbruch des Unglaubens zu ersparen. Stattdessen errichteten die neuen Regenten prächtige Bauten im ab'sdrusen Stil (siehe dazu den Abschnitt „Heilige ab'sdruse Stätten"). Die Bevölkerung dankte den Chauvinarchen mit hohen Abgaben und dem nahezu freiwilligen Verzicht auf Selbstbestimmung.

Vom Ende des dritten bis zu Beginn des vierten Jahrhunderts n. Ch. währte die allzu kurze **Blütezeit** der ab'sdrusen Religion, die sich mit Verweis auf die damalige Ausbreitung seither stolz Weltreligion nennen darf. Gemäß der ab'sdrusen Geschichtsdarstellung hatte sich damals der gesamte Erdkreis freudig der Herrschaft des Obersten Chauvinarchen und dessen weltlicher Regenten unterworfen. Die Einnahmen aus der Ab'sdrusensteuer waren erklecklich, und so durfte man hoffen, dass diese glückli-

che Ära, in der alle an denselben Gott glaubten oder aber den Erdkreis verlassen mussten, niemals zu Ende gehen würde.

Und doch sollte die Weltherrschaft der Ab'sdrusen ein jähes Ende nehmen. Schuld daran sind mehrere Faktoren.

Zunächst unterläuft dem **Obersten Chauvinarchen Ch'orbi XI.** ein Lapsus: Er erlässt während einer Pastoralreise auf die Balearen im Jahr **402 n. Ch. das Toleranzedikt von Ibiza**, das Angehörige anderer Religionen straffrei stellt. Zwar widerruft er das Edikt am nächsten Morgen, doch die Idee der Religionsfreiheit verbreitet sich wie ein Geschwür über den gesamten Kontinent.

Fast schlimmer noch als das Toleranzedikt ist ein **Nachfolgestreit** um den wahren Erben des Ch'offah, der etwa um dieselbe Zeit ausbricht. Ch'offah hatte weder einen Sohn gehabt, noch zu Lebzeiten einen Nachfolger ernannt. Darin sahen die Ab'sdrusen bald schon einen göttlichen Auftrag zu Diadochenkämpfen und Spaltungen. Konsequenterweise brachen jeder Nachfolger der Dachdecker sowie selbst ernannte Chauvinarchen zumindest ein Schisma vom Zaun, manche standen sogar zwei oder drei untereinander rivalisierenden Fraktionen vor.

Daraus entwickelten sich bis ins Jahr **450 n. Ch.** etwa achtzig Gruppierungen, die bis heute verfeindet sind. Die Bedeutendsten unter ihnen: Ab'sdruch'iten, Ab'sdrutiten, Ab'sdrach'ierten, Ab'sdraten, Ab'sderivaten (pro Satteldach) und Ab'sderivaten (pro Flachdach).

Die einzelnen Gruppen unterscheiden sich durch ihre unterschiedliche Auslegung der Ch'offah-Nachfolge. Während die **Ab'sdruch'iten** Ch'offahs Schwager Ch'arli als rechtmäßigen Nachfolger ansehen, halten die **Ab'sdrutiten** den von den Dachdeckern zu Lebzeiten Ch'offahs als Urlaubsvertretung bestimmten Ch'url für geeignet, Oberster Chauvinarch zu sein. Die **Ab'sdrach'ierten** anerkennen anstelle einer Person nur ein rückläufiges Prinzip als Ch'ephs Stellvertreter auf Erden, die **Ab'sdraten** wiederum glauben an einen geheimen Neffen Ch'offahs mit Namen Ch'rudi, der sich dem höchsten ab'sdratischen Würdenträger einmal im Leben zu erkennen gibt, es sei denn, dieser schläft. Die **Ab'sderivaten** verehren jeweils den

Mann als Nachfolger, der rücklings von einem Dach gefallen ist, wobei es auch da zwei Auslegungen gibt – eine Gruppe anerkennt nur Stürze von einem Satteldach, die andere nur solche von einem Flachdach. Theologisch gesehen trennt die verschiedenen Konfessionen eigentlich nichts voneinander. Dennoch wurde der Nachfolgestreit zu Beginn des 5. Jahrhunderts mit solchem Eifer ausgetragen, dass die Ab'sdrusen einander in blutigen Religionskriegen nachhaltig dezimierten. Mehr als 70 der ab'sdrusen Konfessionen zählten am Ende des 5. Jahrhunderts nur noch weniger als zehn Mitglieder.

Der Dächerstreit

Um **499 n. Ch.** geschieht ein Wunder, das eines der Schismen unblutig beendete. Ein Mann war von einem Dach gestürzt, und die Nachforschungen ergaben, dass der Neigungswinkel des Daches 25 Grad betragen hatte. Die Ab'sderivaten pro Satteldach und die Ab'sderivaten pro Flachdach anerkannten den Mann unabhängig voneinander als ihren Propheten, nachdem ihre jeweilige Kommission, die WBC (W'er b'istuh Ch'offah) und die WBA (W'er b'istuh Ab'sderivata), dies ausdrücklich empfohlen hatten. Der Prophet erhielt ein Chauvinarchen-Begräbnis, bei dem alle 28 eingetragenen Ab'sderivaten anwesend waren. Die Eintracht währte bis ins Jahr **1973 n. Ch.**, als ein Prophet von einem Bungalow-Dach stürzte, was die Nachfahren der Ab'sderivaten pro Satteldach zur Aufkündung der Einheit mit der Schwester-Konfession veranlasste. Seither sind die mittlerweile acht Anhänger beider Gruppierungen einander wieder spinnefeind.

Miniatur aus dem 13. Jahrhundert, erinnert an die theologisch diffizilen Debatten zwischen Ab'sderivaten pro Flachdach und Ab'sderivaten pro Satteldach

Heiligtümer der ab'sdrusen Konfessionen Ab'sderivaten pro Satteldach (links) und Ab'sderivaten pro Flachdach

Schismen

Die ab'sdruse Glaubensgemeinschaft legt Wert auf ihren starken Zusammenhalt, der durch die Kraft ihres Glaubens an den einzigen Gott Ch'eph begründet ist. Lediglich wenn es aus theologischer Sicht in fundamentalen Fragen keinen Ausweg mehr gibt, prallen die Ansichten mit großer Härte aufeinander. Bisher war dies etwa 358 mal der Fall, wobei es in 345 Fällen zu einem Schisma kam. Alle übrigen Streitigkeiten endeten damit, dass eine der beiden Gruppen für die jeweils andere eine unbewohnte, oder besser noch: eine unbewohnbare Insel bereitstellte. Gelegentlich genügte auch ein großes Verlies. Im Folgenden ein kurzer Abriss einiger der bedeutendsten Schismen:

Das Streifenhörnchen-Schisma

Wegen einer **handschriftlichen Unklarheit** im Dicken Erbe (Schnurre 78) brach im zweiten Jahrhundert nach Ch'offah ein theologischer Streit unter den Frühab'sdrusen aus. Das Dokument lässt sich auf zweierlei Weisen interpretieren: Einerseits könnte es heißen, das Streifenhörnchen sei „zu *verwöhnen* wie das Weib eines Kutschers“ oder aber, es sei „zu *verhöhnen* wie das Weib eines Kutschers“.

273 n. Ch. wurde daher das **Konzil von Dhulitl** einberufen, das drei Jahre dauerte. Der Streit wurde aufgrund der enormen theologischen Relevanz mit unerbittlicher Härte ausgetragen, und letztlich war ein Schisma unabwendbar, wobei die Verhöhner in der Überzahl waren. Ihre exegetische Leistung setzte Maßstäbe. So wiesen sie etwa anhand von Stellen im Buch Tr'arah nach, dass Frauen von Kutschern niemals Gegenstand irgendeiner Art von Verehrung sein könnten, da Frauen von Kutschern an keiner Stelle des Buches Tr'arah besser gestellt waren als deren Pferde, und nicht einmal die wurden verehrt.

Somit stellten die Verhöhner das Verwöhnen von Streifenhörnchen unter Strafe. Der Verdacht genügte, um zum Abhacken zweier Gliedmaßen nach freier Wahl verurteilt zu werden.

Die Verwöhner verließen die ab'sdruse Gemeinschaft und

gründeten die Konfession der **Gestreift-Orthodoxen Ab'sdrusen**. Sie kleideten sich ausschließlich in gestreifte Gewänder und waren dadurch recht leicht erkennbar.

Die Verhöhner machten ihrerseits den Verzehr eines Streifenhörnchens pro Monat zur religiösen Pflicht, sodass das Streifenhörnchen – wie übrigens auch dessen Verwöhner – im Verbreitungsgebiet des Ab'sdrusianismus bald nahezu ausgerottet war.

Das existenzielle Schisma

Im **vierten Jahrhundert nach Ch'offah** tauchte die Frage auf, wie Ch'offah gleichzeitig Gottes Neffe und Mensch sein konnte. Es bildeten sich mehrere einander widersprechende Auslegungen heraus, die sich grob in vier Denkschulen unterteilen lassen:

Die **„Nepotisten"** behaupteten, Ch'offah sei in jeder Sekunde seines Lebens Gottes Neffe gewesen, denn niemand könne sich der göttlichen Neffenschaft entledigen.

Ihr Argument: „Einmal Neffe, immer Neffe."

Die **„Konfusionisten"** wiederum glaubten, dass die göttliche Neffenschaft in der Stunde des menschlichen Todes unmerklich im Dachdeckersein aufginge und deshalb mit der Göttlichkeit verwechselt werde. Erst danach sei der Dachdecker in Ch'offah in einem Akt göttlicher Verwirrung wieder ins Himmlische transzendiert. Ihr Argument: „Einen Verwandten würde Ch'eph – sein Name sei rückwärts gepriesen – niemals vom Dach fallen lassen."

Die „**Oblivionisten"** diskutierten das Problem mehrere Jahre lang und erarbeiteten die bei weitem umfassendste und diffizilste theologische Lösung, die mehrere metaphysische Instanzen involvierte und eine Art osmotische Mensch-Neffe-Wesenheit postulierte. Allerdings hatten sie am Ende vergessen, was genau unter „Neffe" zu verstehen sei. Ihr Argument: „Die Dualität des göttlichen Menschseins impliziert eine theo-ontologische Prädisposition menschlicher Entneffung."

Die „**Secretisten**" setzten sich mit ihrer Anschauung schließlich durch. Ihre Erklärung vereinte theologischen Scharfsinn, gläubige Demut und frappierende Logik: Die Frage, zu welchem

Zeitpunkt Ch'offah Gottes Neffe und zu welchem er bloß Mensch war, sei ein für den Sterblichen nicht fassbares Glaubensgeheimnis. Das leuchtete fast allen ein.

Nepotisten, Konfusionisten und Oblivionisten gründeten dennoch jeweils eigene Glaubensgemeinschaften, die sich im Wesentlichen dadurch auszeichneten, dass sie beachtlicher Verfolgung durch die mehrheitlichen Secretisten ausgesetzt waren.

Das Ch'lampen-Schisma

Eine besonders heikle Materie entzweite die Ab'sdrusen im 13. Jahrhundert nach Ch'offah. Da Ch'offahs leibliche Mutter Mi'zhi kurz nach der Geburt ihres jungfräulich empfangenen Sohnes hingerichtet wurde, ist sie laut geltendem ab'sdrusen Recht als amoralische Person zu ächten. Die Ab'sdrusen kennen dafür den Terminus **„Ch'lampe"**.

Ali Ch'warzer I. nach ihrer halbtägigen Amtsperiode als Oberste Chauvinarchin bei ihrer angestammten Tätigkeit als Milchmädchen.

Zum Entsetzen der ab’sdrusen Hierarchie bildete sich um 1240 n. Ch. eine Bewegung, die Mi’zhi rehabilitieren wollte. Deren Anhänger argumentierten, Mi’zhi sei immerhin die Mutter von Gottes Neffen Ch’offah, könne also nicht geächtet werden.

Zwischen den Anhängern der neuen Bewegung und den Traditionalisten brachen schwere Kämpfe aus, die 30 Jahre dauerten. Man nennt diese Auseinandersetzung die „Ch’lampen-Schlacht“. Sie endete mit einem Schisma und führte später zur Gründung der **matriarchalischen Ch’lampen-Konfession**. Diese erwählte sogar eine Oberste Chauvinarchin, Ali Ch’warzer I., deren Regentschaft fast einen halben Tag währte, ehe ihr Gatte dahinter kam.

Das Ohren-Schisma

Um **1430 n. Ch.** begannen ab’sdruse Revoluzzer damit, beim Hände-Ohren-Zeichen zunächst mit der linken und dann erst mit der rechten Hand das jeweilige Ohr zu bedecken, anstatt wie bisher beide Ohren gleichzeitig. Sie nannten sich die **„Stereo-orthodoxen Ab’sdrusen“**. Diese Häretiker wurden erst gar nicht zu einem Konzil eingeladen. Man beschloss, mit großen Holzschlägern auf ihre Ohren einzuprügeln, und zwar auf beide gleichzeitig.

Das Schisma der Protestierer

Um **1515 n. Ch**. beschloss der große Reformer **Ch’uther**, das Buch Tr’arah völlig neu zu übersetzen. Dabei musste er feststellen, dass es in der bereits ausgestorbenen Sprache des Ramäischen geschrieben war. Aus der neuen Übersetzung wurde deshalb nichts. Daraufhin protestierte Ch’uther erbost und gründete die Konfession der **ab’sdrusen Protestierer**.

Lange Phasen der Einheit waren in der Geschichte der Ab’sdrusen leider selten und so zersplitterte ihre Religionsgemeinschaft. Andere Religionen übernahmen viel von den ab’sdrusen Glaubensinhalten, erfanden jedoch eigene Götter, deren Existenz durch nichts belegt war, und entwickelten sich unverdient zu Weltreligionen.

Die Ab'sdrusenverfolgung, die im **Mittelalter** ab'sdruser Zeitrechnung einsetzte, dezimierte die Zahl der Gläubigen beinahe bis zum Aussterben. Die neuen Machthaber machten ein Spektakel daraus, ab'sdruse Würdenträger vor Publikum von wilden Tieren zerfleischen zu lassen, wobei die Ab'sdrusen besonders im Nachteil waren, da sie gemäß ihrem Glauben nur rückwärts fliehen konnten.

Ihr tiefer Glaube erlaubte es den Ab'sdrusen, aus der Not einen Beruf zu machen, und so erfanden sie die Profession des Märtyrers. Ein Märtyrer war jemand, der nicht einfach bloß verfolgt wurde, sondern der aktiv daran mitarbeitete, wegen seines Glau-

Darstellung der Ch'exen-Entsorgung aus einer mittelalterlichen Handschrift zur Erbauung

bens massakriert zu werden. Die ab'sdruse Regel lautete: Je zielstrebiger ein Gläubiger in sein Verderben lief und je abscheulicher seine Hinrichtung war, umso mehr war er seinem Beruf gerecht geworden.

Der **Heilige Ch'ebach'tian (1103–1138 n. Ch.)** ist dafür ein gutes Beispiel. Er soll sich öffentlich zum ab'sdrusen Glauben bekannt haben, woraufhin er zum Tod verurteilt und von Bogenschützen getötet wurde. Zu seiner großen Enttäuschung überlebte er und wurde gesund gepflegt. Also trat er erneut als Ab'sdruse in der Öffentlichkeit auf und sprach sich dabei auch gegen die Bogenschützen aus. Diesmal wurde er mit Keulen erschlagen, wobei

er seinen Peinigern den Hinterkopf zuwandte. Als er dann noch immer ab'sdruse Missionssprüche murmelte, wurde er ein drittes Mal hingerichtet und sicherheitshalber gevierteilt. Die Ab'sdrusen verehren ihn als Schutzpatron der Triathleten.

Das dunkle Kapitel der Ab'sdrusenverfolgung währte lange. Die Ab'sdrusen wurden in vielen Ländern gezwungen, sich zu anderen Religionen zu bekennen. Meist wurden sie einfach niedergemetzelt. Das erboste sie ganz besonders, schließlich waren sie es gewesen, die das Konzept der religiösen Verfolgung entwickelt hatten.

Doch auch während des Mittelsalters existierten einige wenig bekannte **ab'sdruse Enklaven**, denen die Gräuel der Ab'sdrusenverfolgung erspart blieben. Dort herrschte uneingeschränkte Freiheit der ab'sdrusen Glaubensausübung. Lediglich Andersgläubige wurden lebendig begraben.

Das rege Treiben der Religionsgemeinschaft in den ab'sdrusen Enklaven schuf eine Atmosphäre, in der Probleme frohgemut und im Geiste des Glaubens gelöst wurden. Ein gutes Beispiel dafür ist die Frage, was mit Frauen geschehen sollte, die sich dadurch verdächtig gemacht hatten, dass sie in irgendeiner Disziplin mehr zu leisten imstande waren als Männer. Solche suspekten Individuen wurden im amikalen Konsens der Würdenträger als **Ch'exen** identifiziert und man einigte sich darauf, sie rückwärts mittels großer Katapulte ins Meer zu schleudern. Doch bald mehrten sich Einwände gegen diese Praxis. **Kritiker** stuften sie als unmenschlich ein. Sie argumentierten, dass es für die ab'sdruse Justiz in kleinen Gottesstaaten, die fernab eines Meeres lagen, nicht zumutbar sei, die Ch'exen bis zu einem Ozean zu schleppen. Also wurde die Regel etwas liberalisiert, und Ch'exen konnten fortan auch verbrannt werden.

Im Jahr **1972 n. Ch**. verhängte der Ch'ikaneur (Leiter der ab'sdrusen Ethikkommission, Anm.) ein **Moratorium** über die Tötung von Ch'exen. Er merkte an, dass das Aussetzen der Praxis lediglich pragmatische Gründe habe und seiner Meinung nach kein Mangel an Kandidatinnen herrschte.

Hierarchie

Im Mittelalter bildete sich auch die ab'sdruse Hierarchie heraus, die bis heute Gültigkeit besitzt.

Oberster Chauvinarch; gewählt auf Lebenszeit; auch Siechtum kann seine Amtszeit nicht vorzeitig beenden; Altersdemenz gilt als Zeichen besonderer Gabe für die Verkündigung gültiger Dogmen.

Ch'ikaneur (Leiter der Ethikkommission); verantwortlich für die jeweils ungünstigste Auslegung der Heiligen Schrift

Regionale Chauvinarche, (derzeit insgesamt 189); sie stehen jeweils einer **Ab'sd'sesse** (einer ab'sdrusen Region) vor; wählen den Obersten Chauvinarchen in geheimer Abstimmung.

Ch'affarch, geistlicher Führer eines **Ch'affs**, so die Bezeichnung der örtlichen Gemeinde

An der Spitze steht der Oberste Chauvinarch, der jeweils von den regionalen Chauvinarchen auf Lebenszeit gewählt wird. Ihm obliegt in letzter Instanz die gültige Interpretation des Buches Tr'arah und aller Ab'sdrusitäten. Als **Hüter des Glaubens** sorgt der Oberste Chauvinarch dafür, dass sich die Religion keinesfalls nach vorne weiterentwickelt. In unregelmäßigen Abständen verfasst er **Ch'apitel** (dogmatische Glaubenstexte, Anm.) auf Ramäisch, das mittlerweile von niemandem mehr gesprochen oder auch nur verstanden wird. Die Inhalte der Texte gelten dennoch als verbindliche Wahrheiten.

Die Insignien des Obersten Chauvinarchen:

Das Ch'anel
Körperfern geschnittenes Gewand aus teurem italienischen Tuch, meist in der Façon eines bodenlangen, androgynen Leintuchs
Der Ch'apeau
Kopfbedeckung, die signalisiert, dass der Träger willens ist, alle irdischen Katastrophen auf seine Kappe zu nehmen
Der Ch'evy
Unsagbar teurer Panzerglas-Pickup, auf dessen Ladefläche ein Sitzplatz und mehrere Stehplätze für Bodyguards zur Verfügung stehen; der Wagen ist eines von nur zwei weltweit existierenden Exemplaren, das andere gehört dem Westküsten-Rapper Big Fat Bitch-Smackin' Willie.
Die Ch'weizer Ch'läger
Horde von breitschultrigen Männern, die das Anwesen des Obersten Chauvinarchen bewachen und dabei bunte Kostüme mit knappen Hosen tragen, die in manchen Kreisen als erotisierend angesehen werden

Die bedeutendsten Obersten Chauvinarchen des Mittelalters

Ch'ala Than I.
regierte 613–623 n. Ch.; galt als Überraschungssieger der Wahl; die Dokumente der Wahlkommission konnten nie gefunden werden.
Ch'ala Than II.
623–625 n. Ch.; sah seinem Vorgänger täuschend ähnlich, wurde von diesem zu Lebzeiten „Filius" genannt.
Ö'chumenian II.
885–897 n. Ch.; nutzte seine lange Regentschaft zu intensiven Kontakten mit Vertretern anderer Religionen, ehe er diese schließlich um der spirituellen Einheit willen enthaupten ließ.

Ch'osama I.
897–913 n. Ch.; nahm die Arbeit seines Vorgängers da auf, wo dieser sie abgebrochen hatte; setzte zur Läuterung Andersgläubiger erstmals hauptberufliche Todesschwadronen ein.
Ch'elm I.
1001–1009 n. Ch.; ernannte eine Vielzahl von Stellvertretern, die laut zeitgenössischen Aufzeichnungen – obwohl gänzlich verhüllt – auffallend weibliche Züge aufwiesen.
Ö'chumenian IV.
1123–1128 n. Ch.; bot anderen Religionen erstmals endgültige Aussöhnung an, doch diese weigerten sich zuzugeben, dass sie einem Irrglauben aufgesessen waren.
Ch'ani V.
1238–1245 n. Ch.; während seiner Regentschaft wüteten mehrere Seuchen; er linderte das seelische Leid der Menschen, indem er die Krankheiten als Strafe Gottes pries.
Ch'ade XXII.
1265–1265 n. Ch.; äußerte bei Amtsantritt öffentlich die Absicht, jegliche Diskriminierung innerhalb der ab'sdrusen Lehre abschaffen zu wollen; wurde tags darauf tot in seinem Bett aufgefunden.
Ch'liwowiz I.
1310–1320 n. Ch.; erster Oberster Chauvinarch aus Osteuropa; ordnete die Verehrung von Ch'offahs Tante an; artikulierte meist völlig unverständlich.
Ch'eppl I.
1320–1335 n. Ch.; erster Oberster Chauvinarch aus dem germanischen Raum; wollte mehrmals einen Glaubenskrieg vom Zaun brechen, traute sich aber nicht; sprach Ramäisch mit bayerischem Akzent.

Kapitel 10

Errungenschaften der Ab'sdrusen

In ihrem unstillbaren Drang nach Einheit mit Gottes Schöpfung erfanden die Ab'sdrusen schon Anfang des 20. Jahrhunderts n. Ch. eine frühe Form des Nordic Walking.

Auch wenn die Blütezeit der ab'sdrusen Weltreligion von bedauerlich kurzer Dauer war, so verdankt die Welt dieser **Ära der Erleuchtung** ungeheuer viel, und es ist nicht vermessen zu behaupten, unsere heutige Kultur habe ihre Wurzeln im Ab'sdrusianismus*.

Aus politischen Gründen versuchen die Gegner der ab'sdrusen Religion, deren Epoche machenden Leistungen totzuschweigen. Tatsächlich haben die Ab'sdrusen auf allen Gebieten Großes zuwege gebracht.

*Als im Jahr 2003 n. Chr. die Europäische Verfassung erarbeitet wurde, verabsäumten es deren Autoren empörenderweise, in der Präambel nachdrücklich auf das ab'sdruse Erbe Europas hinzuweisen. Die Verfassung wurde daraufhin abgelehnt.

Der ab'sdruse Kalender

Er beginnt mit der Empfängnis des Ch'offah im Jahr null. Welchem Jahr dies in anderen Zeitrechnungen entspricht, ist unklar. Das ab'sdruse Jahr beginnt mit dem letzten Mittwo'ch im Dezember und dauert so lange, bis die Zahl von 353 Tagen rückwärts gezählt bei null angelangt ist. Um die Differenz von etwa zwölf Tagen zum Sonnenjahr (365,25 Tage) auszugleichen, wird alle Heiligen Zeiten ein Zusatzmonat erfunden, der so genannte **„Ch'ummelfebruar"**. Wann genau eine solche Heilige Zeit gekommen ist, ließ sich bisher nicht klären. Dies gilt vielmehr als eines der vielen großen Geheimnisse der ab'sdrusen Arithmetik. Zur Zeit schreiben wir je nach Berechnungsmethode das Jahr 1178 oder 2008.

Die ab'sdruse Astronomie

Ch'auoba, der bedeutendste Sternenkundige seiner Zeit **(570–613 [?] n. Ch.)**, entdeckte mit freiem Auge die Sternbilder „Großer Onkel", „Kleine Trottellumme" und „Steiles Dach" sowie einen nächtlichen Himmelskörper, den er im Zustand seiner größten Erscheinung **„Voll-Ch'offah"** nannte (Anm.: Unter Gottlosen ist die Bezeichnung „Vollmond" gebräuchlich).

Von dem ab'sdrusen Astronomen Ch'auoba entdecktes Sternenbild „Kleine Trottellumme"

Er wies nach, dass die Erde an den Rändern nach oben gebogen sein muss, damit das Wasser der Meere nicht ausläuft, und dass die Sonne sich gegen den Uhrzeigersinn um die Erde dreht.

In seinem letzten Traktat äußerte er die Vermutung, dass es „noch viele Sonnen geben" müsse, da „eine einzige kleine runde Scheibe niemals so hell scheinen" könne. Ehe er den Beweis antreten konnte, verschwand er im Jahr 613 beim Versuch, mit einem selbst gebauten Sternenkompass von der Hütte der **Wahrsagerin Ch'elga** nach Hause zu gelangen, für immer.

Die ab'sdruse Theorie von der Entstehung der Arten

Ab'sdruse Forscher des ersten Jahrtausends n. Ch. haben im Einklang mit dem Buch Tr'arah herausgefunden, dass jede neu entstehende Tier- oder Pflanzenart von Gott erschaffen wurde. Der Beweis dafür gelang ihnen mit einer simplen logischen Formel, die in der heute noch gültigen Fassung folgend lautet:
„Wer sich die Mühe macht, sich eine ganze Welt auszudenken, wird sich nicht wegen eines neuen Äffchens von der Natur dreinpfuschen lassen."

Dennoch hat dank des Dialogs, den die Ab'sdrusen mit der gottlosen Wissenschaft pflegen, der Darwinismus durchaus seinen Platz in der ab'sdrusen Wissenslehre gefunden. **1920 n. Ch.** entwickelte der ab'sdruse Theoretiker **Knut Ch'roff** folgenden „Satz von Darwin":
„Wer Darwins Thesen vertritt, muss in unserer ab'sdrusen Welt als schlecht angepasst angesehen werden und sollte folglich mit ein bisschen Hilfe von außen zugunsten der besser Angepassten aussterben."
Knut Ch'roff, in „Endgültige Sätze"

Die ab'sdruse Geschichte verbotener Literatur

Die Liste der verbotenen Bücher, die unter Anleitung des Ch'ikaneurs (Leiter der ab'sdrusen Ethikkommission, Anm.) erstellt wird, hat unschätzbaren Wert als umfassende Darstellung der Weltliteratur.

Ab'sdruse Medizin

Entscheidendes Prinzip der ab'sdrusen Medizin ist der Lehrsatz, wonach der Arzt nicht unerlaubt in Gottes Schöpfungsplan eingreifen soll. Konsequent lehnen die Ab'sdrusen die jeweils effizienteste Heilmethode aus religiösen Gründen ab. Dank dieser unbeugsamen Haltung sind Vertreter der ab'sdrusen Religion in jeder Ethikkommission vertreten und plädieren dort dafür, dass demütiges Siechtum nicht zugunsten von oberflächlichen Freuden wie Heilung und Lebenserwartung geopfert wird.

Sicherheitsgurt

Ein vielseitig einsetzbares Instrument, das die Welt dem Erfindungsreichtum der Ab'sdrusen verdankt, ist der Dreipunktsicherheitsgurt (siehe Foto unten).

Diese Technologie wurde von den Ab'sdrusen schon sehr früh eingesetzt, zunächst als Gedächtnisstütze für Andersgläubige, später im Bereich der Eheberatung. Heute ist der Gurt leider etwas aus der Mode gekommen, obwohl er gerade jetzt der Jugend helfen könnte, den Glauben wiederzufinden, ohne durch Ablenkungen daran gehindert zu werden.

Nicht zu vergessen sind neben zahllosen anderen Errungenschaften auch noch der **religiöse Wahn**, der **Aberglaube**, das **Ab'sdrusalem-Syndrom** (eine besonders heftige Spielart des Jerusalem-Syndroms), die **kollektive Psychose** sowie der mit religiösen Symbolen reich verzierte **Sprengstoffgürtel**.

Ab'sdruser Pflug

Gezogen von einem Nicht-Mann und zwei Kindern, kann ein mittelgroßes Feld in einer Zeitspanne gepflügt werden, die ausreicht, dass ein Mann währenddessen ein Ballspiel von Anfang bis Ende verfolgen kann (siehe Bild oben).

Ab'sdruse Religion und die Kunst

Kunst und ab'sdruse Religion verbindet eine lange Geschichte wechselseitiger Befruchtung. Einerseits haben Künstler im Lauf der Jahrhunderte immer wieder Werke geschaffen, die den Ab'sdrusen aus religiösen Gründen missfielen, andererseits exekutierten die Ab'sdrusen die betreffenden Künstler, um Platz für neue Strömungen in der Kunst zu schaffen. Man spricht in diesem Zusammenhang von einem „**Dialog von Religion und Kunst**".

Man darf nicht außer Acht lassen, dass der Umgang der ab'sdrusen Autoritäten mit der Kunst zusehends liberaler wurde. Bis 1500 n. Ch. war es Künstlern nicht gestattet, etwas anderes als eine der zwölf erbaulichsten Schnurren und Schrullen aus dem Buch Tr'arah zu malen. Heute dürfen Künstler aus allen Schnurren und Schrullen wählen.

Die ab'sdruse Hierarchie stellt für kritische Künstler seit jeher Ateliers zur Verfügung, damit sie ungestört arbeiten können.

In modernen Demokratien dürfen moderne Künstler die Ab'sdrusen auf jede erdenkliche Art und Weise provozieren und besonders tolerante Chauvinarchen geben zuweilen in einem Akt von **Selbstgeißelung** sogar derartige Werke in Auftrag. Allerdings nehmen an dieser neuen Form des Dialogs mit der Kunst auch ab'sdruse Gruppen teil, die aufgrund ihres sensiblen ästhetischen Empfindens auf sperrige künstlerische Akte mit dem nicht minder sperrigen Akt des Ritualmords reagieren.

Ein Beispiel für ein aus ab'sdruser Sicht gelungenes modernes Werk ist die **1970 n. Ch.** uraufgeführte **Rockoper „Hey, Ch'offah Superstar!"** (auch bekannt unter dem deutschen Titel: „Der Dachdecker auf dem Dach"). Es sollte die Jugend, die durch die

teuflische Popkultur der 60er-Jahre vom Glauben abgefallen war, wieder zu den ab'sdrusen Werten zurückbringen. Dies gelang, indem die Geschichte des Ch'offah in der Rockoper auf zeitgemäße Weise erzählt wurde. Nicht wenige der Songs stürmten die ab'sdrusen **Ch'arts**, manche sogar die offiziellen Hitparaden:

„It wasn't me", gesungen von Ch'aggy, der Ch'offahs leiblichen Vater verkörpert, kurz nachdem der Pfeil Mi'zhi jungfräulich geschwängert hat.

„Papa don't preach", gesungen von Louise Ch'iccone, die den Part der Mi'zhi spielt, unmittelbar nach der Empfängnis.

„I slipped, I stumbled, I fell", gesungen von Ch'elvis in der Hauptrolle des Ch'offah. Die Szene des Sturzes vom Dach dauert in der Rockoper eine volle Stunde. Kurz vor dem Aufprall singt Ch'offah die ebenfalls berühmt gewordene Textzeile „Coming down is the hardest thing".

Am Ende singt das gesamte Ensemble ein Lied, das seither in keinem ab'sdrusen rhythmischen Gottesdienst fehlen darf: **„Du bist schön von hinten"**.

Das Musical „Hey, Ch'offah Superstar!" in einer viel beachteten modernen Inszenierung (im Bild Mi'zhi und „der Heilige Pfeil")

Kapitel 11

Heilige ab'sdruse Stätten

Der Ab'sdrusenplatz in Wien – Eines der meistverehrten Heiligtümer der Ab'sdrusen in Europa ist die monumentale Darstellung des Busches, auf dem die heilige Breitbürzelente saß, die ursächlich für Ch'offahs Empfängnis mitverantwortlich war. Zur Zeit sammelt die fromme Bevölkerung mit der Aktion „Rettet den Ab'sdrusenplatz" Geld für die Renovierung der Skulptur

Bedeutende Pilgerstätten

Ch'offahs Empfängnis wird durch zahlreiche Bauwerke und Skulpturen verherrlicht. Sowohl der Jäger, als auch Hoden, Samen und Eileiter von Ch'osef und Mi'zhi wurden auf architektonisch und bildhauerisch aufregende Weise umgesetzt.

Der Samen – ein modernes und doch gelungenes Beispiel für die anspruchsvolle Darstellung des Samentropfens, der vom Pfeil aufgenommen wurde und schließlich den Eileiter von Mi'zhi traf. Pilger sind von dem Anblick zumeist tief ergriffen.

Der Jäger – eine besonders gelungene Skulptur des ab'sdrusen Künstlers Ch'acometti. Er fängt den Moment ein, da der Jäger den Pfeil bereits abgeschossen hat. Das Original steht im Darkroom des Obersten Chauvinarchen.

Der Pfeil – in vielen Metropolen der Welt ist eine architektonische Darstellung des Pfeils, der Ch'offahs Empfängnis bewirkte, das höchste Bauwerk. Im Bild der Berliner Ab'sdrusen-Pfeil, von den gläubigen Bewohnern ehrfurchtsvoll „Alex" genannt.

Der Hoden – ein monumentales Bauwerk aus der früh-ab'sdrusen Zeit. In dem riesigen Ziegelhoden sollen Ungläubige eingemauert worden sein.

Das Grab des Ch'offah – Der sensationelle Fund wurde erst im Jahr 2003 n. Ch. auf der griechischen Insel Mykonos gemacht. Der ab'sdruse Archäologe musste mehrere Ziegen aus dem sakralen Raum entfernen. Weshalb Ch'offah dort begraben wurde, ist unklar. Dass das Grab leer aufgefunden wurde, beweist, dass Ch'offah den Tod überwunden hat.

Ch'offahs letzte Baustelle – von diesem erstaunlich gut erhaltenen Gebäude stürzte Ch'offah, um die Menschheit zu erlösen. Zunächst war die Frage umstritten, ob dies tatsächlich der Rohbau ist, doch ab'sdruse Forscher fanden den Beweis: Da Ch'offah hier zu Tode kam, wurde das Dach des Gebäudes niemals gedeckt.

Die Ch'eph-Etage – die ab'sdruse Architektur sieht vor, dass Sakralbauten durch das hintere Portal be-treten werden sollen. Dieses ist jedoch in der Regel bedeutend prächtiger ausgeführt als der Vordereingang und befindet sich der Einfachheit halber meist vorne. Das Foto zeigt den Hintereingang der Cheph-Etage auf Ibiza, eines der größten Sakralbauten. Er dient dem Obersten Chauvinarchen als Sommerresidenz.

Ab'sdruses Gotteshaus – ein sakrales Gebäude aus der schrecklichen Epoche, als die Ab'sdrusen unter der Verfolgung durch Andersgläubige litten. Um unentdeckt zu bleiben, tarnten sie ihre Gotteshäuser so gut es ging.

Die Heiligen Dachdecker – eine ganz frühe Darstellung der Heiligen Dachdecker, die das Buch Tr'arah verfasst haben. Die schlichten Kopfbedeckungen werden von manchen Forschern als Verbände gedeutet, die auf heilige Arbeitsunfälle hindeuten.

Die Erdkugel – diese Skulptur wurde in der zweiten Hälfte des 19. Jahrhunderts errichtet, um die Anhänger der Theorie, wonach die Erde eine Kugel sei, zu verhöhnen. Das äußerst humorvolle Kunstwerk soll zeigen, wie lächerlich sich die Kugeltheoretiker mit ihrer Idee machen.

Kapitel 12

Gebete und andere ab'sdruse Verrichtungen

Fromme Abs'drusen beim Gebet

Eine der höchsten Pflichten eines Ab'sdrusen ist das tägliche Gebet, das **„Ch'alala"**. Anfangs waren die Zeitpunkte, zu denen der Gläubige beten musste, nicht festgelegt. Bei den Ur-Ab'sdrusen galt vielmehr jeder Schrei einer Breitbürzelente als Ruf zum Gebet. Da dieses Tier damals in großen Populationen vorkam, mussten die Ab'sdrusen bis zu 200 Mal pro Tag beten, bis es ihnen schließlich gelang, die Heilige Breitbürzelente diskret auszurotten. Seither gelten je nach Grad der Orthodoxie ein bis achtzig Gebete pro Tag als verbindliche Pflicht.

Ein Beispiel für zwei Gebetszyklen:

Morgens vor dem Aufstehen: Dank für die Nacht; Bitte für den neuen Tag; Lobpreis für alternierende Tag-Nacht-Phasen; Erinnerung an den Heiligen des Tages; Bitte um Wiederaufholen der durch das lange Beten bereits entstandenen Verspätung – 5x wiederholen

Mittags: Bitte um Rache für am Vormittag erlittenes Unrecht; Dank, dass die Sonne jetzt am höchsten steht; Bitte um funktionierende Darmflora; Lobpreis für Erschaffung der Hausfrau; Bitte um Kraft zur Züchtigung derselben wegen diverser Kleinigkeiten – 8x wiederholen

Vor jedem Gebetszyklus muss sich der Ab'sdruse als Zeichen der Ehrerbietung Gottes die Achselhaare rasieren, die Waden reinigen und die kleinen Zehen ölen. Hat unmittelbar vor dem Gebet ein Beischlaf stattgefunden, muss der Gläubige zudem noch vor dem Gebet eine Zigarette rauchen. Frauen müssen dieselben Gebete verrichten wie Männer, allerdings bleiben diese wirkungslos.

Beim Beten ist eine **Haltung** einzunehmen, die Gott gefällt. Handstand und Kopfstand gehören zu den im Buch Tr'arah empfohlenen Positionen:

„Senke dein Haupt zu Boden, die Beine aber recke gen Himmel als Zeichen dafür, dass dein Kopf es nicht wert ist, Gott näher zu sein als deine kleine Zehe!"

Buch Tr'arah, Dünnes Erbe, Schrulle 132, Vers 2

Gläubige, denen Handstand und Kopfstand aus körperlichen Gründen nicht möglich sind, dürfen auch im Liegen beten, wenn

dabei ihre Beine höher gelagert sind als der Kopf. Bei gemeinschaftlich verrichtetem Gebet darf man stehen, es muss aber zumindest der Blick zu Boden gerichtet sein.

Ab'sdruse Gläubige beim Gebet vor einem Gotteshaus („Kaufhof" ist eine germanische Schreibweise von „Ch'offah")

Der ab'sdruse Mittwo'ch

Mittwo'ch ist der Tag des Ch'eph. An diesem Tag ruht der Ab'sdruse, um Gott dafür zu danken, dass Ch'offah durch den Heiligen Arbeitsunfall die Menschen erlöst hat. Ausgenommen von dem **absoluten Arbeitsverbot** sind nur die Frauen, die Tätigkeiten an der Herdstelle verrichten dürfen, und auch – gemäß einer Entscheidung des Obersten Chauvinarchen – Fußballer der Champions League. Dies geht zurück auf das Jahr 2003 n. Ch., als der Spieler ab'sdruser Konfession Ch'inedine Ch'idane das Finale mit einem Fallrückzieher-Tor entschied.

Die Liturgie des Mittwo'chsgottesdienstes

Die Gemeinde versammelt sich im **großen Ch'aal** des Gotteshauses mit dem Rücken zum Bild des Ch'eph. Die Männer halten sich im zentralen Teil des **Ch'aales** auf, die Frauen und Kinder, falls Platz bleibt, hinten und in den Ecken. Die Sprache, in der der Gottesdienst abgehalten wird, ist entweder die Landessprache oder, auf Wunsch der Gemeinde, Ramäisch. Diese Sprache wird von niemandem mehr verstanden, erfreut sich aber gerade bei Predigten zunehmender Beliebtheit.

Der Ch'affarch trägt eine Darstellung des Allerheiligsten Schädelbasisbruchs herein.

Die Gemeinde singt das **Ch'alala** (Loblied).

Der Ch'affarch preist den Namen des Ch'eph in Gedanken rückwärts.

Die Gemeinde singt das **Ch'ubidu** (Jubellied).

Der Ch'affarch beschuldigt die Gemeinde, nichtsnutzige Sünder zu sein.

Die Gemeinde stimmt im Chor zu.

Der Ch'affarch verlangt von der Gemeinde ein Zeichen ihres Glaubens.

Die Gemeinde spricht das **Ab'sdruse Bekenntnis**:

„Wir glauben an den einzigen Gott, Scharlatane alle anderen
Der eine Gott Ch'eph, sein Name sei rückwärts gepriesen
Schöpfer ist er aller Dinge und Wesen
Nur des Bösen nicht, dafür seien die Polonäer verdammt, die elenden
Er sandte seinen Neffen, Ch'offah, unter uns Frevler, unwürdig waren wir seiner Ankunft
Schnell wie ein Pfitschipfeil ward er empfangen, hurtig die Mutter entleibt; Tut uns leid
Er wuchs heran und deckte Dächer, während wir vorwärts eilten ins Verderben
bis er rücklings fiel, und uns die Schädelbasis opferte, Neffe, Mensch und Gott zugleich
Wir sind schuld, schuld an allem

Sein Tod war erst der Anfang, rückwärts eilte die Welt fortan der Erlösung entgegen, niemand weiß die Stunde, niemand das Jahr
Vielleicht aber haben wir den Tag verpasst; oh Ch'eph – Dein Name sei rückwärts gepriesen, sag, dass es nicht wahr ist
Nein, das können wir nicht glauben"

Der Ch'affarch beschuldigt die Gemeinde neuerlich, ein abscheuliches Pack von Frevlern gewesen zu sein.
Die Gemeinde pflichtet im Chor bei und singt das **Ch'anson** (Trauerlied).
Alle sprechen das Schuldgeständnis:
„Wir sind vorwärts geeilt
haben alles falsch gemacht
Verbotenes gegessen
Schlimmes gedacht
noch Schlimmeres getan
Haben Ketzer entwischen lassen
Sind lax gewesen gegenüber dem Weib
Nun drückt uns das Gewissen
oh Ch'eph – dein Name sei rückwärts gepriesen
sag, es sei nichts gewesen
nichts, was der Rede wert
Wir wollen deine Gegner entleiben; das versprechen wir
Und beginnen ganz von vorne
aber diesmal von hinten"

Der Ch'affarch hebt die Darstellung des Allerheiligsten Schädelbasisbruchs in die Höhe und spricht: „Im Anfang war der Fall."
Die Gemeinde antwortet: „Die Welt ist, was der Fall ist."
Ch'affarch: „Durch ihn und mit ihm und an seiner statt."
Gemeinde: „Ja, Ch'eph!"
Ch'affarch: „Fallet und betet!"

Der Ch'affarch spricht das Geheimnis des Glaubens: „Gott ward Neffe, blieb Onkel und wurde als Cousin der Schwager aller."
Die Gemeinde antwortet: „Es muss so sein."

Alle fallen rückwärts auf den Boden und werden erlöst, Frauen und Kinder ausgenommen.
Der Ch'affarch lässt die Frauen Breitbürzelenten zerteilen und reicht die Häppchen den Männern weiter. Die essen davon und werden satt. Danach trinken der Ch'affarch und die Männer von dem **Ch'ampus**, den die Frauen mitgebracht haben. Der Ch'affarch spricht dabei die Worte: „Seht, dies ist das Sekret, das aus Ch'offahs Kopfwunde austrat!"
Die Frauen verlassen den Ch'aal, um das Haus auf die Heimkehr der Männer vorzubereiten.
Der Ch'affarch und die Männer singen das **Mer'chi Ch'erie** (Dankeslied).
Ch'affarch und Männer ziehen alle gleichzeitig rückwärts aus dem Gotteshaus aus, ein Ritus, der **Ch'aos** genannt wird.

Festtage im ab'sdrusen Jahreskreis

Ch'rismess

Das jährliche Opferfest findet am 24./25. des letzten Monats im Jahr statt. Die Gläubigen opfern zumindest ein Fünftel ihres Besitzes für Ramsch, den sie um den Stamm eines Nadelbaumes verteilen. Der Ramsch, der an die Vergänglichkeit alles Seins erinnern soll, und der Nadelbaum, dessen Nadeln monatelang Ärger bereiten sollen, werden zwei Wochen später entsorgt. In orthodoxen Haushalten gibt es heute noch den Brauch, nicht zwei Wochen zu warten, sondern mittels einer Sprühkerze Ramsch, Baum und allerlei Mobiliar dankbar abzufackeln und nur das nackte Leben zu retten.

Ch'aumamal

Das ab'sdruse Neujahrsfest dauert zwei Tage. Es heißt, drei Bücher würden am ersten Tag geöffnet und die Namen aller Gläubigen in einem von ihnen eingetragen. Eines ist das Buch der Guten, eines das der Bösen und eines ist das Buch Jenseits. Der Ch'affarch liest aus dem Flügelschlag eines Falters, in welches der

Bücher der jeweilige Name gehört. Die Guten werden im neuen Jahr Glück haben, die Bösen Pech und die Jenseitigen werden gesteinigt. Als Anhaltspunkt, welcher Gläubige in welche Kategorie gehört, wird die Höhe der Geldspende herangezogen, die im vergangenen Jahr auf das Konto des örtlichen Ch'affarchen eingegangen ist.

Die Chro'lei'ch-Prozessionen sind regional sehr unterschiedlich, manchmal erhaben, manchmal ein wenig ausgelassen.

Chro'lei'ch

Dieses Fest wird jedes Jahr im Frühsommer mit einer großen Prozession begangen. Die Information, was dabei gefeiert wird, ging vor ungefähr siebenhundert Jahren verloren.

Mar'ch

Das Wallfahrtsfest erinnert an den Auszug aus Chyptanien. Die Gläubigen ernähren sich an diesem Tag nur von Fast Food, da damals alles sehr schnell gehen musste. Das Ketchup verstreichen sie wie im Buch Tr'arah vorgesehen auf den Türmatten, die der Hausmeister unter wilden Flüchen einsammeln muss. Dann

marschieren sie zu einem Wallfahrtsort, wobei die Anreise auch mit Bussen gestattet ist. Der Oberste Chauvinarch nimmt üblicherweise einen Helikopter.
Wegen der Eile beim Auszug aus Chyptanien muss der Wein beim Wallfahrtsfest aus Flaschen getrunken werden, beim Zubereiten der Speisen ist keine Zeit zum Lesen des Rezepts. Je grauenvoller das Essen schmeckt und je eiliger der Wein getrunken wird, umso würdiger wird das Wallfahrtsfest begangen. Als Zeichen der besonderen Frömmigkeit gilt es, wenn man sich nach dem Essen übergibt. Auserwählte empfangen die Gnade der Lebensmittelvergiftung.

Der Ch'lauch

Einmal im Leben muss jeder ab'sdruse Gläubige das Fest Ch'lauch begehen, indem er eine Gebetsreise unternimmt, die ihn zu dem höchsten ab'sdrusen Heiligtum führt, dem Tr'umm. Das Tr'umm ist ein mehr als 40 Meter hohes fensterloses Bauwerk, dessen

Das imposante Tr'umm von Ch'erdber'g

Dach Ch'offah angeblich ganz allein gedeckt haben soll, was als Wunder bezeichnet werden kann, denn es handelt sich um eine Decke aus Stahlbeton.
Das Tr'umm steht in Ch'erdber'g, einer Stadt an der Donau. Das Innere des Tr'umms bleibt ein Mysterium, denn der Zugang ist nur dem Obersten Chauvinarchen und dem obersten Beamten der ab'sdrusen Administration MA 18 gestattet. Alle anderen Gläubigen dürfen das Tr'umm nur zu Fuß umrunden.

Einmal im Jahr, zum Höhepunkt der Saison für Gebetsreisen, treffen so viele Ab'sdrusen beim Tr'umm ein, dass es aus Platzmangel zu Todesfällen kommt. Strafanzeigen gegen die Reiseveranstalter sind zwecklos, denn die Todesfälle sind Ch'eph-Sache.

Ch'ieg

Das Freudenfest erinnert an die allererste ab'sdruse Missionierung, bei der das Volk der Cyrenäer zur Gänze ausgelöscht wurde. Jeweils am ersten Mittwo'ch im Juni feiern die Ab'sdrusen ein ausgelassenes Fest, bei dem als Cyrenäer verkleidete Personen rituell verhöhnt werden.

Ab'sdrusalem-Fest

Jedes Jahr im April feiern die Ab'sdrusen den Tag, an dem dereinst Ab'sdrusalem von den Heiden befreit werden wird. In langen Reden malen sich Prediger die Gräueltaten aus, die dazu erforderlich sein werden. Kinder dürfen die Szenen nachstellen. Dem Publikum werden Eingeweide gereicht.

Ch'armittwoch

Ch'offahs tödlicher Sturz vom Dach wird am zweiten Mittwo'ch im April gefeiert. In orthodoxen Gemeinden wird die Szene des Heiligen Arbeitsunfalls so realistisch nachempfunden, dass regelmäßig Tote zu beklagen sind, was die spirituelle Tiefe des Festes zusätzlich verstärkt.

Von diesem Tag an bis zum Tag der Auferstehung (siehe „Ch'ostan") darf bei den Ab'sdrusen kein Dach gedeckt werden. Da Ch'ostan erst im Oktober gefeiert wird, ist die Saisonarbeits-

losigkeit bei ab'sdrusen Dachdeckern im Sommer enorm hoch. Die ab'sdruse Vereinigung zur Verherrlichung von Arbeitsunfällen führt überall Prozessionen an, bei denen die beliebten Lieder „Ich will fallen wie der Herr" und „Helme sind für Heiden" gesungen werden.

Ch'ostan

Das Auferstehungsfest des Ch'offah wird sechs Monate nach seinem Todestag gefeiert. Tatsächlich ist eine Auferstehung im ursprünglichen Text des Buches Tr'arah nicht erwähnt, doch spätere Autoren tilgten diesen Makel durch Einfügen des Kapitels „Ch'offah sitzt zur Rechten von Ch'ephs Dachstuhl".

Da der Ablauf der Auferstehung zu den besonders komplexen Mysterien des ab'sdrusen Glaubens gehört, konzentriert sich die Volksfrömmigkeit stattdessen auf simplere Motive. Üblicherweise wird an diesem Tag so getan, als würden Erdferkel Eier legen, und man verspeist sowohl Erdferkel als auch deren Eier. Ein Freudenfeuer soll Unklarheiten vertreiben.

Freudenfeuer zum Fest Ch'ostan. Unverheiratete Ab'sdrusen müssen über das Feuer springen.

Kapitel 13

Ab'sdruse Mystik

Beim „Ch'waten" entsagt der Gläubige den Ablenkungen durch den Sauerstoff und kommt so Gott spürbar näher.

Die Religion der Ab'sdrusen verstand sich seit jeher als **Bollwerk gegen die Vernunft**. Ihre unbestreitbaren Erfolge im Kampf gegen die rationale Denkweise verdankt sie nicht zuletzt ihrer unwiderstehlichen Mystik, die auf dem Gebiet der Vernunft ähnlich reinigende Wirkung hatte wie die Massaker der ramäischen Armee bei den Cyrenäern.

Die ab'sdruse Mystik unterscheidet sich vom Okkultismus und von mystischen Strömungen anderer Religionen dadurch, dass alle Phänomene und Handlungen von der ab'sdrusen Kommission für „Mystik und realitätsfremde Kognitions-Strategien" (MURKS) auf ihre **Echtheit und Wirkung** überprüft werden.

Beim rituellen Überqueren eines Sees, **Ch'waten** genannt, geht der tief gläubige Ab'sdruse mit dem Kopf unter Wasser auf Händen und streckt die Beine nach oben. Auf diese Weise entsagt er den Ablenkungen des Sauerstoffs und kommt Gott spürbar näher.

Auch das unaufhörliche Aufsagen eines wenige Zeilen umfassenden Gebetes ist eine ab'sdruse Technik, um den menschlichen Geist in höhere Sphären zu führen. Das **Lei'ern**, wie man diese gottgefällige Beschäftigung nennt, befreit das Gehirn schon nach wenigen Stunden von gottloser Aktivität, fördert nach wenigen Monaten die Fähigkeit zur Unterordnung ohne Gegenwehr und macht nach einigen Jahren auch den Einsatz verbotener Verhütungsmittel obsolet.

In den ab'sdrusen Männerorden hat sich über die Jahrhunderte das mystische **Ch'asserole** entwickelt. So nennt man das gemeinsame, aber nicht aufeinander abgestimmte Singen alter Würdenträger. Kenner dieser alten Kunst berichten, dass sowohl Mitwirkende als auch Zuhörer deutliche Todesahnungen und Jenseitsfantasien verspüren. Besonders fromme Ab'sdrusen schaffen es zuweilen, plötzlich an denselben Stellen Wunden zu bekommen, an denen auch Ch'offah nach seinem Sturz verletzt war. Man nennt diese gnadenvollen Blessuren **Ch'rammen.** Bei den Betreffenden rufen diese Zeichen Ekstase hervor, denn für einen gläubigen Ab'sdrusen gibt es nichts Erhabeneres, als eine tiefe, lebensbedrohliche Platzwunde am Hinterkopf zu bekommen, ohne dafür eine Erklärung zu haben.

Weitere mystische Wesenheiten, deren Existenz durch die ab'sdruse Kommission eindeutig verifiziert wurde, sind kleine, pausbäckige Jungs mit einer blanken Stelle zwischen den Beinen, aber dafür mit Flügelchen am Rücken. Man nennt sie **B'engel**. Sie blasen gern Trompete und greifen gelegentlich helfend in das Schicksal ein.

Neben den B'engeln bevölkern auch noch böse Geister die ab'sdruse Welt, die so genannten **Ch'ämonen**. Sie befallen Menschen und treiben mit ihnen Schabernack. Abhilfe schaffen kann nur ein ausgebildeter ab'sdruser Exorzist, der die Betroffenen mithilfe schmerzhafter, ekliger und obszöner Therapien vom satanischen Einfluss psychiatrischer Behandlung fern hält.

Personen, die den Ab'sdrusen auf die Nerven gehen, können von ihnen mit einem mündlich vorgetragenen Todesschwur belegt werden. Diese äußerst mystische Waffe gegen unliebsame Gegner heißt **Ch'urlim'urli** und ist höchst effizient: Bislang hat noch niemand, der mit einem solchen Todesschwur belegt wurde, mehr als 90 Jahre überlebt.

Die Ch'oppala

Ganzer Stolz der ab'sdrusen Spiritualität ist die ab'sdruse Zahlenmystik Ch'oppala. Dabei ist jeder Zahlenkombination eine ewig gültige göttliche Botschaft zugeordnet, über die der Gläubige meditiert. Es bedarf jahrelanger Unterweisung durch einen Ch'oppala-Gelehrten, um den Zahlen mit der nötigen Ehrfurcht gegenüberzutreten.

Zu Beginn wiederholt der Schüler immer wieder die einfachste der mystischen Reihen, die **„Ch'wölf"**. Sie lautet:

1212121212121212121212121212

Schon nach wenigen Jahren können gelehrsame und spirituell begabte Schüler zu Zahlenreihen vordringen, deren Eindringlichkeit und Wahrheit erst nach eingehendem Studium offenbar wird. Ein paar der Eindringlichsten der insgesamt etwa **300.000 Zahlenreihen** lauten wie folgt:

1236125376283186312371287398127
12371237982739127365655734
84758472342346238745238472930
948459234648326498238059823794 5723
8475746823592384762375O2805
4798347059237987562308502 3523
87509873530320948023984023509342 85
75948593475873659348759326534895739
987654678987656789878787888990986
873985734560493858903275093494 03
847463534232342352344767890809809 0980908
7364334123634365232652342324323423524 3235
3463843874342347237498237943729427 39437
65326323974673483994 0
823423423472354762389472937 42
6666633992936525356289030 8

An der höchsten Stufe schließlich stehen Zahlenreihen, die den Schlüssel zur Schöpfung in sich bergen. Die Meister der Ch'oppala gelten nicht zu Unrecht als Hüter des Weltgeheimnisses, denn es gibt nichts, was nicht in dieser allerletzten Zahlenreihe aufgelöst wird. Sie wird **hier zum ersten Mal** für das breite Publikum abgedruckt und die Autoren bitten die Leser, sich nur unter spiritueller Anleitung an dieses Mysterium heranzuwagen:

999994949498888383333377772227262641313222121111100000

Bedauerlicherweise ist der einzige Schlüssel zur Ch'oppala **Anfang des 11. Jahrhunderts n. Ch.** bei einem Brand zerstört worden. Nur die nackten Zahlenreihen konnten gerettet werden. Dies bedeutet allerdings, dass seither zwar die Zahlenreihen bekannt sind, nicht aber die dazu gehörigen Botschaften. Das hat jedoch die mystische Tiefe der Ch'oppala noch verstärkt. So gilt sie fraglos als der Bereich des ab'sdrusen Glaubens, der das höchste Maß an Einsicht in den Weltenlauf gewährt. Gerade in jüngster Zeit erfreut sich die Ch'oppala enorm steigenden Interesses, etwa unter älteren, Sinn suchenden Hollywood-Stars, aber auch unter enttäuschten Lotto-Spielern.

Kapitel 14

Das Gelobte Land

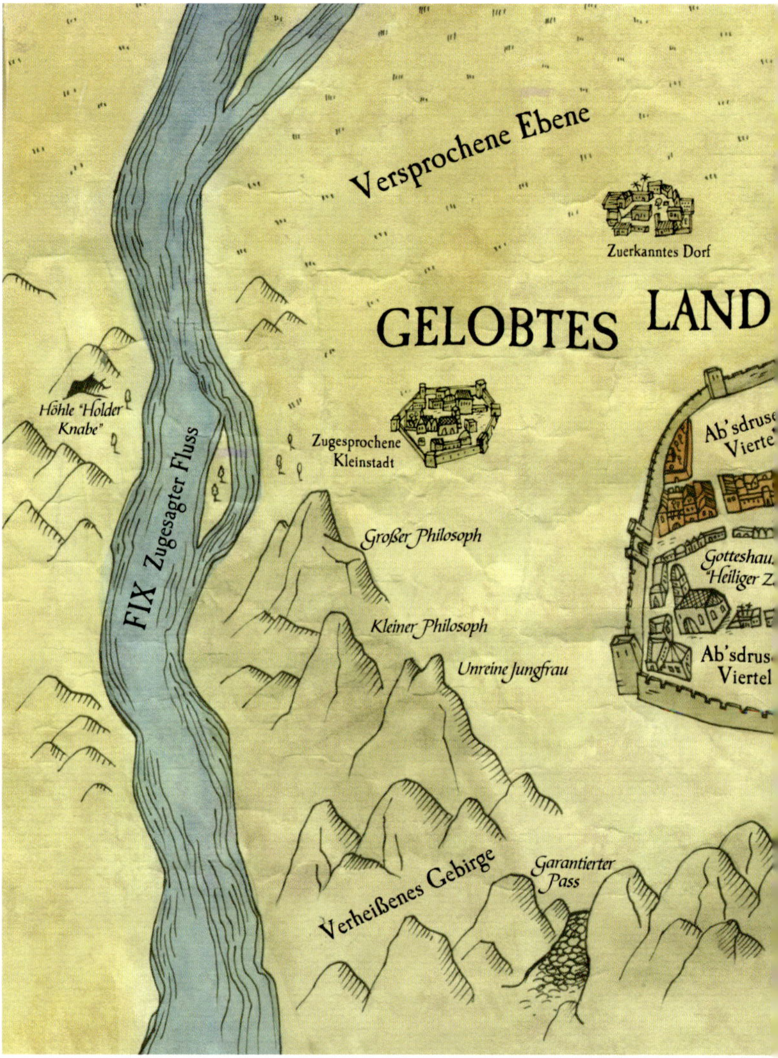

Darstellung des geheimnisumwobenen „Gelobten Landes", dessen Okupation duch die Abs'drusen unmittelbar bevorsteht.

Zugesicherter See
In Aussicht gestellter Berg
Dachstuhl des Nölens
Ab'sdruses Viertel
schleuder-
ateau
Großer Tr'arahplatz
Gotteshaus "Göttlicher Genozid"
Taverne "Zum letzten Frühstück"
Ab'sdruses Viertel
AB'SDRUSALEM
Geschenkter Wald
Ethnisch-religiös inkompatibles Gesindel

Die Ab'sdrusen hegen schon seit langem den Wunsch, in das Gelobte Land des Buches Tr'arah zurückzukehren und dort einen **ab'sdrusen Staat** zu gründen, der alle ab'sdrusen Ideale verwirklicht und zu diesem Zweck auch über Atomwaffen verfügen sollte. Um welches Territorium es sich bei dem Gelobten Land handelt, weiß nur der jeweils Oberste Chauvinarch.

Der derzeit amtierende **Ch'ala Than XXXVI.** verkündete im vergangenen Jahr, er habe eine Kommission in das Heilige Land zu einer Fact-Finding-Mission entsandt. Deren geheimer Bericht wurde später durch Indiskretionen in Auszügen der Öffentlichkeit bekannt. So soll es darin heißen:

„Im gesamten Gebiet des Gelobten Landes herrscht zur Zeit ein Überangebot an Göttern und Gotteskriegern. Das spirituelle Klima lädt nicht unbedingt zu einer ungestörten Landnahme ein. Zudem verfechten die etablierten Religionen ein erstaunliches – man könnte sagen: empörendes – Maß an ab'sdrusen Lehrinhalten und Lebensnormen, sodass das Risiko besteht, die Einzigartigkeit der wahrhaftigen ab'sdrusen Religion könnte unbemerkt bleiben."

Zur Frage der Zeithorizontes bis zu einer möglichen Rückkehr in das Gelobte Land hält der Bericht fest:

„Die etwas verworrene religiöse Situation dauert seit circa 2000 Jahren an, sollte sich also nach ab'sdrusem Ermessen nicht mehr allzu lange hinziehen. Die Autoren empfehlen, noch zwei bis drei Monate abzuwarten."

Um die Zeit bis zur erlösenden Staatsgründung zu verkürzen, rief Ch'ala Than XXXVI. Anfang 2007 n. Ch. bereits Ab'sdrusalem als Hauptstadt des noch zu gründenden Staates aus, denn so sieht es das Buch Tr'arah vor:

„Ihr aber gründet Ab'sdrusalem, die Heilige Stadt, ehe jemand anderer auf dieselbe Idee kommt."

Buch Tr'arah, Dickes Erbe, Schnurre 78, Vers 4

Schon zu Zeiten der Heiligen Dachdecker soll in Ab'sdrusalem der **Tempel zu Ehren des Ch'offah** errichtet worden sein. Bislang konnte an der angegebenen Stelle jedoch kein einziger archäologischer Beweis für ein derartiges Bauwerk gefunden werden. Zu-

dem ist der Platz zur Zeit mit allerlei Mauerwerk und Götzen anderer Konfessionen verstellt. An der Wahrhaftigkeit der Überlieferung in Bezug auf den Tempel kann jedoch kein Zweifel herrschen, denn im Nachlass des **Heiligen Dachdeckers Ch'indel** fand sich ein Beleg über einen erhaltenen Vorschuss für „diverse Arbeiten am Tempel". Da es sich um einen Heiligen Dachdecker handelt, kommt eine Schwarzgeldzahlung ohne Gegenleistung nicht in Betracht. Der Tempel des ab'sdrusen Gottes muss also existiert haben.

Dass die Ab'sdrusen ihre Hauptstadt – wie verschiedentlich angeregt wird – an einen anderen Ort verlegen, ist völlig undenkbar, das Buch Tr'arah lässt in dieser Hinsicht keinen Spielraum:

„Der Heilige Ort Ab'sdrusalem sei Ch'eph – sein Name sei rückwärts gepriesen – gewidmet und kein anderer Gott hat das Recht, sich hier verehren zu lassen. Heiden und Frevler sollt ihr mit Steinen bewerfen// Schlagt sie notfalls mit Mörsergranaten, AK-47 und dergleichen zurück, und, wenn es nicht anders geht, auch mit Sprengsätzen, die ihr unter eurem Gewande verhüllt."

Buch Tr'arah, Dickes Erbe, Schnurre 101, Vers 11 (Anm.: Der letzte Satz dieses Verses taucht erst in neueren Übersetzungen auf.)

Die Ab'sdrusen, denen Großmut und Gerechtigkeitssinn nicht fremd sind, planen, in ihrem künftigen Staat etwaigen anderen ethnischen und religiösen Gruppen kleine, umgrenzte Territorien zu widmen. Damit sie sich dort nicht gestört fühlen, soll ein hoher Zaun für Privatheit sorgen.

Projektiert sind auch Straßen, die nur von Ab'sdrusen befahren werden dürfen, während die heidnische autochthone Bevölkerung nicht durch ungezügelte Mobilität Gottes Zorn erregen soll. Im Idealfall ist ein mehr oder minder freiwilliges Absiedeln der nicht-ab'sdrusen Bewohner des Landes anzustreben, da sie den heiligen Boden allein schon durch ihre Anwesenheit entehren. Wohin sie gehen sollen, bleibt im Buch Tr'arah offen, was einmal mehr die **tolerante Haltung** der ab'sdrusen Religion beweist.

Kapitel 15

Der Schock des 11. August

Der Schock des 11. August: Ab'sdruse Attentäter steuern ein entführtes Flugzeug knapp an der Freiheitsstatue vorbei.

Am 11. August 2001, kurz nach 8.40 Uhr, brachten zwei ab'sdruse Fundamentalisten ein zweimotoriges Passagierflugzeug, das vom **New Yorker Flughafen La Guardia** zu einem Übungsflug gestartet war, in ihre Gewalt. Sie hatten je drei Deodorant-Stifte und eine Tube Haargel um die Brust geschnallt und drohten dem Piloten damit, diese zur Explosion zu bringen. Der Pilot überließ den Entführern das Steuer und musste zusehen, wie sie ihren wahnwitzigen Plan in die Tat umsetzten.

Die Nachrichtenagentur Associated Ab'sdruse Press (AAP) veröffentlichte wenige Stunden später in der „Eilt"-Meldung F4653/11/08/2001 folgendes Pamphlet der bis dahin unbekannten Gruppierung **„Heiliger Ab'sdruser Ch'ihuad'huad"**:

„Im Namen des Ch'eph – sein Name sei rückwärts gepriesen – und im Namen Ch'offahs, des Neffen Gottes, haben erleuchtete Märtyrer im Morgengrauen dieses großen Tages einen berechtigten Angriff auf ein Symbol der satanischen Verhöhnung alles Ab'sdrusen, die so genannte Freiheitsstatue – ein verbotenes Abbild eines nach vorwärts gewandten Nicht-Mannes – geflogen und ihr Ziel nur um knapp einen halben Kilometer verfehlt. Ch'eph – sein Name sei rückwärts gepriesen – ist groß, und was ist schon ein halber Kilometer. Das Attentat gegen die gottlosen Knechte des Fortschritts darf in jedem Fall als gelungen angesehen werden. Gezeichnet: Die Märtyrer des Heiligen Ab'sdrusen Ch'ihuad'huad"

Die Maschine war nach der Schleife rund um die Freiheitsstatue vom Piloten unversehrt wieder gelandet worden. Die Attentäter dankten dem Piloten überschwänglich und versprachen ihm drei Jungfrauen, woraufhin er von einer Strafanzeige Abstand nahm.

Keine der großen TV-Stationen berichtete über das Attentat und auch die übrigen Medien schwiegen. Der „Heilige Ab'sdruse Ch'ihuad'huad" stellte mehrmals Videobotschaften auf die Website www.absdruseattackonline.org, die jedoch laut eigenem Web-Count nur 13 Mal aufgerufen wurde. Die Ab'sdrusen sprechen seit dem Anschlag von einem „Schock des 11. August", den die Welt zu verarbeiten hat.

Die meisten ab'sdrusen Würdenträger verurteilten die Tat des

11. August öffentlich und bekannten sich zu der ab'sdrusen Lehre als Botschaft des Friedens zwischen allen Völkern und Konfessionen mit Ausnahme der Törichten unter ihnen. Sie wiesen darauf hin, dass im Buch Tr'arah **Gewalt in jeder Form eindeutig geächtet** wird, und belegten dies stichhaltig mit folgendem Vers:
„Niemals sollt ihr das Schwert erheben gegen andere, denn es ist Sünde. Dies gelte ewig und immerdar, bei Sonne und bei Regen, bei Tag und bei Nacht, zu Hause und in der Fremde, ob ihr satt seid oder darbt, ob ihr überlegen seid oder unterlegen."
Buch Tr'arah, Dickes Erbe, Schnurre 101, Vers 10

Radikale Ab'sdrusen jedoch verweisen auf den darauf folgenden Vers, in dem es heißt:
„Wenn die Ungläubigen aber schlaftrunken sind, im Morgengrauen, wenn keiner wacht, schlagt zu um des ab'sdrusen Glaubens willen, aber seid auf der Hut."
Buch Tr'arah, Dickes Erbe, Schnurre 101, Vers 11

Moderate Ab'sdrusen wiederum argumentieren, dass „schlagt zu um des Glaubens willen" im ramäischen Original mit der zweideutigen Formulierung „Ch'ihuad'huad ab'sdrad" umschrieben ist, und diese könne auch anders übersetzt werden, nämlich mit „seid zärtlich zu den putzigen Hündchen und fest im Glauben". Der Vers laute also vielmehr:
„Wenn die Ungläubigen aber schlaftrunken sind, im Morgengrauen, wenn keiner wacht, seid zärtlich zu den putzigen Hündchen und fest im Glauben, aber seid auf der Hut."
Buch Tr'arah, Dickes Erbe, Schnurre 101, Vers 11

Dass bei dieser Interpretation augenscheinlich der Sinn dieses Verses ein wenig leidet, wird von moderaten Ab'sdrusen wie auch von deren westlichen Verbündeten als Glaubensgeheimnis gerechtfertigt.

Nicht wenige fundamentalistische Gruppierungen, die in den letzten Jahren entstanden sind, berufen sich auf die radikale Interpretation des Verses 11 und leiten daraus eine nicht unerfolg-

Einziges Foto des angeblichen ab'sdrusen Terrorhirns Ch'oe „The Missile" Ch'ihuad

reiche Strategie der Verkündigung des wahren Glaubens ab. Sie operieren aus konspirativen Wohnungen und senden von da Botschaften an die Welt, deren Sprache unverfälscht und universell ist. Um exegetische Missverständnisse von vornherein auszuschließen, verzichten sie oft auf Worte und deponieren stattdessen vielsagende, mit Sprengstoff gefüllte Behälter.

Derzeit aktive radikale ab'sdruse Gruppierungen, wie etwa **„Heiliger Ab'sdruser Ch'ihuad'huad"**, **„Ch'ephs Resistance Army"** oder **„Ab'sdruse Defense League"** kämpfen für die **Errichtung eines ab'sdrusen Weltreiches**. Bislang umfasst das von ihnen kontrollierte Gebiet mehrere Höhlen in der Bergregion der einstigen ab'sdrusen Republik Ab'sdrusistan, die in keiner Karte eingezeichnet sind.

Mekhanich Na'Halle Luyah

Schweigt!

Wir Ab'sdrusen sind es leid, wegen angeblicher Gewaltverherrlichung unserer Religion kritisiert zu werden. Immer wieder wird der Vers 11 der Schnurre 101 aus dem Zusammenhang gerissen zitiert. Was aber bedeutet „Ch'ihuad'huad ab'sdrad" wirklich? Ist es eine Aufforderung zur Gewalt oder ein Ausdruck von Liebe zu anderen Wesen? Ich sage: In Wahrheit besteht zwischen dem Zuschlagen um des Glaubens willen und der Zärtlichkeit zu putzigen Hündchen kein Unterschied. Die ab'sdruse Wahrheit entzieht sich solchen starren Kategorisierungen. Ich will euch ein Beispiel geben: Unlängst, als ich ein wenig aufgebracht war, wollte ich zu einem Hündchen zärtlich sein, doch trotz bester Absicht lag es nach meinen Liebkosungen erdrosselt da. In einem anderen Fall schlug ich einen Glaubensbruder mit aller Kraft dutzendfach in die Lendengegend, und siehe, er empfand es als Liebkosung und besucht mich seither jede Woche. Lasst also ab davon, uns Ab'sdrusen zu Distanzierungen von Gewalt zu zwingen, und seid demütig anstatt lästig, ansonsten werden wir zärtlich zu euch, bis auch ihr leblos am Boden liegt. Im Übrigen empfehle ich die Lektüre meines Buches „Gerechtes Massakrieren – Gedanken eines moderaten Ab'sdrusen".

Friede den Brüdern im Glauben,
euer Mekhanich
Chauvinarch von Ab'sdrusalem

Der Streit um Gottes Namen

Als im Jahr **2005 n. Ch.** eine dänische Zeitung gegen das allerstrengste Verbot verstieß, Gottes Namen auszuschreiben, ging ein **verständlicher Aufschrei** durch die ab'sdruse Welt. Ab'sdruse Interessenvertretungen sahen sich gezwungen, in scharfer Form gegen den Frevel zu protestieren. Konkret griffen sie zu folgenden Maßnahmen:

- In einem verbindlichen Dokument des Bedauerns wurde das erlittene Unrecht beklagt.
- Bei einem großen Schweigemarsch in Kopenhagen wurde der Name Gottes still rückwärts gepriesen.
- Anschließend wurde im Hafen von Kopenhagen die Kleine Meerjungfrau geschändet.
- Ab'sdruse Fundamentalisten kauften vorsorglich angereichertes Uran sowie einen Atlas, um Dänemark ausfindig zu machen.

Kapitel 16

Die Re-Ab'sdrusianisierung

Ein seltenes Foto des Obersten Chauvinarchen Ch'ala Than XXXVI. in legerer Kleidung vor dem Gartenhaus seiner Sommerresidenz. Hier schmiedet er zur Zeit große Pläne und verrät: „Eine Missionierung ist kein Ch'nabenpensionat."

Dass die Religion der Ab'sdrusen eine ebenso fundamentale wie zukunftsweisende Glaubensrichtung ist, wird in diesem Buch hinlänglich belegt. Tatsächlich steht der Welt eine groß angelegte Ab'sdrusianisierung unmittelbar bevor, und die Autoren empfehlen allen Lesern, die noch nicht zum Ab'sdrusianismus konvertiert sind, dies ehestens zu tun, denn im Zuge großer Missionierungen kann immer wieder einmal ein Massaker unter Ungläubigen stattfinden, und niemand soll sagen, wir hätten ihn nicht gewarnt. In den Worten des Obersten Chauvinarchen **Ch'ala Than XXXVI.**: „Eine Missionierung ist kein Ch'nabenpensionat." Es sollte aber angesichts der lebendigen ab'sdrusen Gemeinden niemandem schwer fallen, sich irgendwo unterzuordnen. Als kleine Hilfe hier die derzeitige Einteilung der Ab'sdrusen nach Glaubensstrenge.

Ab'sdruse Gruppierungen heute

Die Traditionalisten

Sie verlangen von jedem Gläubigen, ein Leben gemäß dem Buch Tr'arah zu führen. Kleine Zugeständnisse an die moderne Zivilisation, etwa die Notwendigkeit, außerhalb des Heiligen Mittwo'ch mit dem Auto im Vorwärtsgang zu fahren, erachten sie als gerade noch vertretbar. Die jährliche Pflicht zum Arbeitsunfall erfüllen sie rituell, indem sie sich beim Arbeitsgeber drei Tage krank melden.

Die Megatraditionalisten

Sie verachten die Traditionalisten als ketzerisches Pack. Sie fahren an jedem Tag mit dem Auto im Rückwärtsgang, wobei ihre Autos fünf Rückwärtsgänge und nur einen Vorwärtsgang haben und die Sitze verkehrt herum eingebaut sind. Am Tag ihres Arbeitsunfalls fallen sie von einem Bürostuhl.

Die Orthodoxen

Sie verachten die Megatraditionalisten als ketzerisches Pack. Sie fahren an allen Tagen der Woche mit dem Auto im Rückwärts-

gang, und zwar mit dem einzigen, serienmäßigen Rückwärtsgang. Am Freudentag des jährlichen Arbeitsunfalls stürzen sie mit einem Bürostuhl die Treppe hinunter, tragen dabei jedoch wattierte Kleidung.

Straßenszene in einem ultraorthodoxen Viertel. Das Einlegen des Vorwärtsganges beim Auto ist nach ultraorthodoxer Lehre verboten.

Die Ultraorthodoxen

Sie verachten die Orthodoxen als ketzerisches Pack. Sie fahren an allen Tagen der Woche mit serienmäßigen Autos im Rückwärtsgang. Sie verfügen zudem über keine staatliche Lenkerberechtigung, da sie auch das einmalige Einlegen eines Vorwärtsgangs als Todsünde betrachten. Die Unfallrate in den Wohngebieten der Ultraorthodoxen ist enorm. Für ihre Arbeitsunfälle benötigen sie einen Bürostuhl und einen Aufzugschacht.

Die reformierten Ab'sdrusen

Sie wollen alle Ab'sdruismen an die moderne Zeit anpassen. Sie achten die Wissenschaft und kämpfen gegen die Diskriminierung in allen Bereichen. Bei den Liberalen Ab'sdrusen wurden vor wenigen Jahren auch Frauen zu regionalen Chauvinarchen erkoren. Alle wurden vom Obersten Chauvinarchen ausgeschlossen, doch sie erarbeiteten mutig eine Version des Buches Tr'arah, die mit dem Bild des modernen, freien Menschen in Einklang steht. Sie umfasst eineinhalb Seiten und kann unter **www.wirsind-absdrusInnen.org** heruntergeladen werden. Der Verein der Reformierten „Wir sind Ab'sdrusInnen" zählt derzeit weltweit 38 Mitglieder.

Andere ab'sdruse Organisationen

Dank ihrer unverrückbaren Wertvorstellungen sind ab'sdruse Gläubige geradezu prädestiniert, die Geschicke ihres Landes zu lenken. In der Vergangenheit dienten sie den Menschen hingebungsvoll, indem sie ihren Herrschaftsanspruch von Gottes Gnade ableiteten und zum Wohle aller Gläubigen eine theokratische Diktatur errichteten. Leider musste diese Regierungsform nach und nach demokratischen Strukturen weichen, die den Glaubensverfall begünstigten und ewige Werte unsäglichen Debatten aussetzten, anstatt sie getreu der Schrift zu verordnen.

Glücklicherweise nimmt die Zahl der politischen Parteien, die sich ab'sdrusen Werten verpflichtet fühlen, zu und in allen Teilen der Welt gelangen sie an die Macht.

Ohne auf regionale Differenzen eingehen zu wollen, seien hier nur ein paar Beispiele aufgezählt: die **Ab'sdrus-Demokratische Union**, die **Democrazia Ab'sdrusiana**, die **ab'sdrus-orthodoxe Ch'as-Partei** oder die **Nationale Ab'sdruse Bewegung (Hisb-i-Ab'sdrusi)**.

Dank ihres positiven Einflusses gelingt es immer wieder, die ab'sdrusen Werte gesetzlich zu verankern und der ab'sdrusen Religionsgemeinschaft materielle Vorteile gegenüber ihren Mitbewerbern zu sichern. Auch sichtbare Zeichen dürfen nicht unterschätzt werden: In manchen Ländern hängt in jedem Klassenzimmer und in jedem Gerichtsraum ein Heiliger Schädelbasisbruch. In manchen Ländern sind nur ab'sdruse Eheschließungen möglich, in anderen stehen ab'sdruse Sittenwächter in der Hierarchie über den gewählten, meist gottlosen Volksvertretern.

Spuren einstiger Theokratien finden sich auch zuweilen im staatlichen Rundfunk, wo **ab'sdruse Religionsabteilungen** überraschende Erkenntnisse propagieren, die in den Wissenschaftsabteilungen seltsam stiefmütterlich behandelt werden. Besonders gelungene Beispiele sind etwa Sendungen wie „Gott hat Darwin verziehen", „Knalleffekt: War der Urknall das Werk eines Schöpfers?" oder „Ist Harry Potter ein ab'sdruser Würdenträger?" Man nennt diese Mischung aus ab'sdrusem Glaubensdokument und Dokumentarfilm im publizistischen Fachjargon **Ab'sdrumentary**.

Unbestreitbar stellen ab'sdruse Würdenträger in vielen Fragen der Politik Autoritäten dar, ohne die eine öffentliche Debatte nicht stattfinden könnte. Da sie unverheiratet und kinderlos leben, verlangen sie zu Recht **Mitsprache in allen Fragen der Familienpolitik**. Ihrer langen Geschichte verdanken sie unschätzbares Know-how in Fragen von **Kriegsverbrechen** und **Pädophilie**. Schließlich melden sich die Ab'sdrusen bei allen wichtigen Themen zu Wort, für die das Buch Tr'arah ewige Wahrheiten bereithält. Leider erweisen sich westliche Demokratien als besonders resistent gegenüber ewigen Wahrheiten.

Dem legendären Obersten Chauvinarchen **Ch'rch'll II.** (1878–1954 n. Ch.) wird der große, ewig gültige Satz zugeschrieben: „Die Theokratie ist die schlechteste aller Staatsformen. Ausgenommen alle anderen."

Neben den politischen Parteien der Ab'sdrusen sind auch andere Organisationen für die Ziele der ab'sdrusen Religion tätig:

Die **Ab'sdrusenbruderschaft** und der **World Ab'sdruse Congress** versuchen auf allen Ebenen des öffentlichen Lebens, ab'sdrusen Ideen zum Sieg zu verhelfen.

Die **Ab'sdrusitas** wiederum steht im Dienste der Entwicklungshilfe, um so in heidnischen Regionen den Boden für eine Ab'sdrusianisierung zu bereiten; ein extrem kostspieliger, müh-

samer und unbefriedigender Ersatz für die gute alte Kolonisierung.

Eine regelmäßig alle fünf Jahre stattfindende Veranstaltung, die junge Leute für die ab'sdruse Religion begeistern soll, ist das **Weltch'nabentreffen**, das mittlerweile auch für Mädchen geöffnet werden musste. Dabei reist der Oberste Chauvinarch persönlich zu einem ab'sdrusen Festival und geißelt unter großem Beifall der jungen Menschen deren Lebensstil. Neben gemeinsamem Singen und Beten wird von den Jung-Ab'sdrusen an Ort und Stelle die Liste aller verbotenen Formen der Sexualität taxativ in die Tat umgesetzt, um sie besser anprangern zu können.

Wer sich für eine eher ernsthafte, zielgerichtete Auslegung des Buches Tr'arah interessiert, kann in manchen Internetforen Gleichgesinnte finden und der ab'sdrusen Gemeinde als **Ch'läfer** dienen. Im Gegensatz zu einer traditionellen Laufbahn als Würdenträger darf man als Ch'läfer seinen Beruf behalten und tritt nur einmal kurz in Erscheinung, dann jedoch in den Abendnachrichten.

Weiterführende Literatur

„Ab'sdruse sein im Alltag": M. Ta'ch, Verlag Ab'sdrusinia

„Strenge Verbote in der ab'sdrusen Religion" (13 Bände), Verlag Frohe Botschaft

„Fromme Ch'naben" (Bildband), Verlag Ch'ich'i

„Wir sind die Auserwählten, Ihr nicht": M. E'cht. (Hrsg.), Verlag Gelobtes Land

„Der Ch'reationismus – eine ab'sdruse Wissenschaft": Ch. Ch'on-born, Verlag Ch'umbug

„Sprengkraft des Glaubens. Eine Anleitung": Ch. Ch'awi, Höhlenverlag

„Das Ch'eph-Menü": Paul Ch'ocuse (Hrsg.), Fasten-Verlag

„Ramäisch für Anfänger" (vergriffen)

„Der große Ch'unnilingus – Todesschwüre für jeden Anlass": N. Ch'rant, Ab'sdrsalem-Verlag

„Gerechtes Massakrieren – Gedanken eines moderaten Ab'sdrusen": M. N. Luyah, Verlag Tr'arah

„Männer und Nicht-Männer. Mutige Ideen für den Dialog der Geschlechter": M. N. Luyah, Verlag Tr'arah

Ab'sdruse Lieder

Großer Ch'eph, wir loben Dich
Kommt, sagt es allen Neffen
Oh Hinterkopf, voll Blut und Wunden
Ch'uwi Ch'uwi ch'rumm ch'rumm
Es ist ein Schweinsfußnasenbeutler entsprungen
Schaut die Mi'zhi voller Schmerzen
Kein gelobter' Land
Jeder Tag ist Mittwo'ch
O du mein Ab'sdrusalem

Glossar

Hier findet der Leser Begriffe aus ab'sdruser Theologie und Lebenswelt kurz erklärt.

Ab'sdruser
Anhänger der ab'sdrusen Religion

Ab'sdrus-Demokratische Union
Politische Partei mit ab'sdrusem Wertesystem

Ab'sdrusenbruderschaft
Organisation zur Verbreitung ab'sdruser Ideen

Ab'sdrusitas
Entwicklungshilfeorganisation mit expansionistischer Agenda

Ab'sdrus-Orthodoxe Ch'as-Partei
Ab'sdruse Partei mit strenger religiöser Ausrichtung

Ab'sdruser Imperativ
Gesamtheit aller ab'sdrusen Gebote und Verbote

Ab'sd'sesse
Religiöser Verwaltungsbezirk

B'engel
Kleiner, pausbackiger Junge mit einer blanken Stelle zwischen den Beinen

Buch Tr'arah
Einziges von Gott zur Gänze redigiertes Buch

Ch'ablis
Blut des *Ch'offah*; wird von Würdenträgern gern verkostet

Ch'aff
Kleine ab'sdruse Gemeinde

Ch'affarch
geistlicher Führer eines *Ch'affs*

Ch'alala
Ab'sdruses Loblied

Ch'ampus
Trank am Ende des Gottesdienstes

Ch'anel
Gewand des *Obersten Chauvinarchen*

Ch'anson
Ab'sdruses Trauerlied

Ch'aos
Rückwärts vollzogener, gemeinsamer Auszug der Gemeinde aus dem Gotteshaus

Ch'apeau
Kopfbedeckung des *Obersten Chauvinarchen*

Ch'apitel
Dogmatischer Glaubenstext

Ch'armittwoch
Feier am zweiten *Mittwo'ch* im April im Gedenken an *Ch'offahs* tödlichen Sturz

Ch'asserole
Gemeinsames, nicht aufeinander abgestimmtes Singen alter Würdenträger

Ch'aumamal
Neujahrsfest

Ch'auwe
Unbegreifliches Herzstück der Offenbarung

Ch'ämon
Schabernack treibendes Wesen

Ch'eph
Einziger Allmächtiger; Gott
Ch'evy
Fahrzeug des *Obersten Chauvinarchen*
Ch'exe
Nicht-Mann mit unerwünschten Talenten
Ch'ieg
Freudenfest am Jahrestag des ersten missionarischen Pogroms
Ch'ikaneur
Leiter der Ethikkommission; verantwortlich für die jeweils ungünstigste Auslegung des *Buches Tr'arah*
Ch'lampe
Amoralische, per definitionem weibliche Person
Ch'läfer
Diskreter ab'sdruser Gläubiger
Ch'lauch
Gebetsreise zum Heiligen *Tr'umm*.
Ch'mafu
Abwertender Begriff für andere Religionen
Ch'nabe
Meist minderjähriger Junge, dem von den Würdenträgern absoluter Gehorsam sowie gemeinsame Waschvorgänge auferlegt sind
Ch'nösel
Würdenträger im Festtagsgewand
Ch'oenbloed Di'gchicht Aba N'voll Thre'ffah, genannt Ch'offah
Neffe des *Ch'eph*, Religionsgründer, Heiliger, Prophet
Ch'offahs Wehe und Laster, auch: CH'WUL
Ab'sdruse Sittenjurisprudenz
Ch'oppala
Ab'sdruse Zahlenmystik ohne Entschlüsselung
Ch'osef
Tischler, leugnet die Vaterschaft des *Ch'offah*, Sieger im entsprechenden Rechtsstreit
Ch'ostan
Auferstehungsfest
Ch'rammen
Plötzlich auftretende, gnadenvolle Blessuren
Ch'ranze
Nicht-Mann mit Neigung zum Ungehorsam
Ch'rismess
Opferfest
Chro'lei'ch
Fest mit Prozession
Ch'ubidu
Ab'sdruses Jubellied
Ch'udas
Unbeliebter, dennoch *Heiliger Dachdecker*; Märtyrer
Ch'ummelfebruar
Monat des ab'sdusen Kalenders zum Ausgleich von Ungereimtheiten
Ch'urlim'urli
Todesschwur
Ch'waten
Rituelles Überqueren eines Sees
Ch'weizer Ch'läger
Leibwache des *Obersten Chauvinarchen*

Ch'wölf
Mystische Zahlenreihe
Cyrenäer
Nachbarvolk der *Ramäer*; von diesen gleichzeitig bekehrt und ausgerottet
Dickes Ende
Siehe *Dickes Erbe*
Dickes Erbe
Dünnerer Teil des Heiligen *Buches Tr'arah*; wegen der zahlreichen Endzeitszenarien auch *Dickes Ende* genannt
Dünnes Erbe
Dickerer Teil des Heiligen *Buches Tr'arah*
Früh-Ch'oppen
Morgendliche Sitzungen der *Heiligen Dachdecker*
Großer Ch'aal
Raum für Gottesdienste
Heilige Dachdecker
Berufskollegen des *Ch'offah*; Verfasser des *Buches Tr'arah*
Heiliger Ab'sdruser Ch'ihuad'huad
Ab'sdruse Gruppierung mit Hang zur pastoralen Übermotiviertheit
Hisb-i-Ab'sdrusi
Ab'sdruse Partei mit militärischem Arm
Jungschädelbasis
Ab'sdruse Jugendorganisation
Lei'ern
Unaufhörliches Aufsagen eines Gebets
Mar'ch
Wallfahrtsfest
Mer'chi Ch'erie
Dankeslied
Mittwo'ch
Heiliger Wochentag
Mi'zhi
Leibliche, jungfräuliche Mutter des *Ch'offah*; in weiterer Folge exekutiert
Nicht-Mann
Theologisch korrekte Bezeichnung für „Frau"
Oberster Chauvinarch
Oberhaupt der Ab'sdrusen
Ö'ch'umene
Fortsetzung der Religionskriege mit anderen Mitteln des Glaubenskrieges
Ramäer
Von *Ch'eph* für die ab'sdruse Religion auserwähltes Volk
Regionaler Ch'auvinarch
Vorstand einer *Ab'sd'sesse*
Schnurre
Vers des *Dicken Erbes*
Schrulle
Vers des *Dünnen Erbes*
Tr'umm
Allerheiligstes Gebäude der Ab'sdrusen
„Wir sind Ab'sdrusinnen"
weibliche ab'sdruse Abspaltung; offiziell: Ketzerische *Ch'ranzen*
World Ab'sdruse Congress
Organisation zur Verbreitung ab'sdruser Ideen

Robert Treichler, Redakteur im Auslands-Ressort des Nachrichtenmagazins „profil", hat unter dem Eindruck von zahlreichen Begegnungen mit ab'sdrusen Würdenträgern in aller Welt den Entschluss gefasst, eine Gesamtdarstellung des uralten und allgegenwärtigen Ab'sdrusianismus zu versuchen.

Mekhanich Na'halle Luyah, Chauvinarch von Ab'sdrusalem und einer der ranghöchsten Würdenträger, gilt als einflussreiche Instanz in allen ab'sdrusen Aspekten des Glaubens. Bisher erschienen: „Gerechtes Massakrieren – Gedanken eines moderaten Ab'drusen" und „Männer und Nicht-Männer. Mutige Ideen für den Dialog der Geschlechter".

Besonderen Dank an:
Julia Müller, Stefan Oláh, Reiner Riedler, Martin Staudinger und Stefan Stratil